暗夜鬼譚
遊行天女《ゆうぎょうてんにょ》

瀬川貴次

集英社文庫

目次

CONTENTS

ANYAKITAN

遊《ゆう》行《ぎょう》天《てん》女《にょ》

暗夜鬼譚

ANYAKITAN

遊《ゆう》行《ぎょう》天《てん》女《にょ》

遊《ゆう》行《ぎょう》天《てん》女《にょ》

序章

黄昏時《たそがれどき》にも似た淡い輝きの中を、大きな河が静かに流れている。その両側に広がる河《か》原《わら》には、子供たちの楽しげな笑い声が響いていた。

二つか、三つぐらいの小さな子供たちは、みな、一糸まとわぬ生まれたままの姿だった。それでも、寒さなどまったく感じていないかのように、元気に駆けまわり、跳ねまわっている。

ここは冥府《めいふ》への入り口、賽《さい》の河原。この河原で遊ぶのは、すべて、親より先に死んでしまった水子《みずこ》たちだった。

親を悲しませた罪ゆえに彼らは浄土へも行けず、このような地に留めおかれているのだが、とうの彼らからはそんな悲愴感《ひそうかん》はうかがえなかった。普通の童《わらわ》と変わらず、それぞれの遊びに熱中している。

やがて、そのうちの何人かが、河原の小石を拾って積みあげ始めた。小声でなにやら唄を口ずさみながら、慎重にひとつひとつ重ねていく。

そんな地味な遊びのどこが気をひいたのか、まわりで飛び跳ねていた子供たちも、次第に小石積みに加わり始めた。

口ずさむのは同じ唄。小さな手が小石を拾いあげ、置き、また拾いあげる。

水子たちの単調な唄と単調な動作は、儀式めいた雰囲気を漂わせた。それが彼ら自身をも酔わせたのかもしれない。いつしか全員が参加して、石でできた塔をより高くすることだけに没頭する。

だから、誰ひとりとして気がつかなかった。岩陰から、異形《いぎょう》の者が覗《のぞ》いているのを。

最後の一石が積み上げられ、石の塔が完成するまさにその瞬間、異形の者は岩陰から飛び出した。

現れたのは、身の丈、六尺半（二メートル弱）はあろうかという大男だった。腰布と、腕輪や首飾りなどの装身具だけを身に着けているため、隆々とした筋肉がことさら強調されている。

しかし、なにより恐ろしいのはその顔だ。首から下は人間でありながら、頭部は荒々しい野生馬のそれであったのだ。

馬の頭をした鬼――馬頭鬼《めずき》。地獄に堕《お》ちた罪人《つみびと》を責める獄卒《ごくそつ》である。

馬頭鬼の突然の乱入に水子たちは驚き、キャーと悲鳴をあげて散り散りになった。

その隙に、馬頭鬼は完成直前の石の塔を蹴倒す。石の塔は、馬頭鬼の一撃であっけなく崩れてしまう。

　再び、水子たちが悲鳴を放つ。おびえてではなく、とても楽しそうに。

　馬頭鬼は塔の残骸をさらに踏みつけ、太い腕を振りまわし、身の毛のよだつような咆《ほう》哮《こう》を発した。青みがかった黒い目は血走り、火を噴かんばかりだ。

　しかし、馬頭鬼が猛《たけ》り狂うほど、水子たちは嬉《うれ》しそうに甲高い笑い声をあげる。諸手《もろて》を上げて、毬《まり》のようにはずんでいる者も少なくない。

　馬頭鬼の登場も、石の塔の破壊も、すべては想定されていたこと。賽の河原の水子たちの遊びだった。なぜだかわからないが、彼らはこの遊びがたいそうお気に入りなのだ。馬頭鬼もそれを知っているからこそ、わざと恐ろしげに吠《ほ》えまくる。

　馬頭鬼の芝居がかった咆哮と、水子たちの興奮した声で、賽の河原は騒がしいことこの上ない。

　そこへふいに、別の、あきれたような、げんなりしたような声がかかった。

「また水子と遊んでいたのか、あおえ」

　馬頭鬼がぴたりと吠えるのをやめる。子供たちも途端に静かになった。

　彼らの反応に対し、大仰なため息をついたのは、白牛の頭をした牛頭鬼《ごずき》だった。

　牛頭鬼も馬頭鬼同様、地獄の獄卒である。腰布と装身具だけで、たくましい身体《からだ》つきをしているのも馬頭鬼と同じ。頭部が、馬か牛かの違いしかない。

なのに、馬頭鬼相手にはしゃいでいた子供たちが一転、牛頭鬼を本気で怖がり始めた。みんな、ひと塊になって、びくびくしながら牛頭鬼の様子をうかがっている。

「しろき」

馬頭鬼のあおえが、顔に似合わぬ穏やかな声で牛頭鬼に呼びかけた。

「ここには来るなって言ったじゃないか。水子らが怖がるって」

牛頭鬼のしろきは不機嫌そうに鼻を鳴らした。たったそれだけで、水子たちはびくっと身震いする。なかには、いまにも泣き出しそうに顔を歪《ゆが》めている子もいる。

あおえは、おびえる水子たちをなだめようと、似合わない笑顔を作ってみせた。しかし、その甲斐《かい》なく、ひとりが声をあげて泣き出してしまう。

涙の発作は他の子にも伝染しそうになった。が、それを寸前で止めたのはしろきのひと声だった。

「泣くな！」

そう言われて泣き声は呑《の》みこんだものの、水子たちはワッと声をあげて一斉に逃げ出してしまった。

あとも見ずに駆けていく彼らの背に、しろきはさらにあおるように鼻を鳴らした。それから、あおえにむかって用件を簡潔に告げる。

「閻羅王《えんらおう》さまがお呼びだぞ」

冥府の長官の名を聞いて、あおえの表情が不安そうなものに変わった。耳の後ろをかきむしりながら、

「なんかしたっけかなあ……」

「違う、違う」

あおえの独り言を、しろきがいらだたしげに否定する。さっきの態度といい、どうやら、この牛頭鬼はかなり気が短いらしい。

水子たちが彼を怖がるのも、それが理由なのだろう。むしろ、いっしょに遊んでくれるあおえのような存在のほうが、冥府では稀有《けう》なのかもしれない。

「仕事だ」

しろきはそう言ってから、さらに声を落として付け加えた。

「例のやつの、居場所がわかったんだそうだ。どうやら、あの世に逆戻りしていたらしい」

あおえは露骨に嫌そうな顔をして、同僚を上目遣いに睨《にら》んだ。

「なんだ、また、しろきの尻ぬぐいやらされるのかぁ」

「今度はおれがやったわけじゃないぞ！」

牛頭鬼の怒鳴り声は賽の河原中にこだまして、遠くに逃げていた水子たちにまたキャーと悲鳴をあげさせた。

第一章　凶　兆

いくら夏とはいえ、その陽射《ひざ》しは強烈すぎた。

この季節になると、うっとうしいほど鳴く蟬《せみ》も、尋常でない暑さにやられたのか、今年はついぞその声を聞かない。

いつもは多くの往来でにぎわうはずの都の大路《おおじ》も、陽炎《かげろう》がゆらゆらとたちのぼるばかりで、ひと気がない。みな、陽射しがやわらぐのを待って、家の中に閉じこもっているのだ。

夏樹《なつき》も当然そのひとり。自邸の廂《ひさし》の間《ま》で、狩衣《かりぎぬ》を着くずした姿で寝転がっていた。片袖を脱ぎ、指貫袴《さしぬきばかま》も膝上までまくりあげて、とても他人には見せられない格好をしている。

「あつ……」

口に出せばよけいに暑くなりそうだったが、こらえることもできなかった。

汗ばんだ首すじに紙扇《かみおうぎ》でぱたぱたと風をやる。そうでもしなければ、空気はそよとも動いてくれない。風通しのこよなくよい構造の寝殿造《しんでんづく》りも、風そのものがまったくないのなら意味がなかった。

庭の池も、水がすっかり干上がって、ひび割れた底をさらしている。最後に雨が降ったのは、もうずいぶん前だ。

夏樹は暑さへのささやかな抵抗として、板敷きの床にぴったりと身体《からだ》をくっつけていた。

しばらくは板のほうが体温よりも冷たい。そんなわずかな冷たさは、楽しむ間もなくすぐに失われてしまう。そうなればなったで、夏樹はまたごろごろ転がり、別の床板に身体をくっつける。

「まあまあ、またそんな、子供じみたことをなさって」

頭上から降ってきた声に、夏樹はハッとして身体を起こした。

声の主は乳母《めのと》の桂《かつら》だった。いつのまに現れたのか、部屋の入り口に立っている。

青鈍《あおにび》（灰色がかった青）の表着《うわぎ》をきちんと着て、彼女はこの暑さをものともしていない。汗はわずかに、額のはえぎわのあたりだけ。それ以上は気合でおしとどめているといった感じだ。

夏樹はあわてて、脱いでいた片袖に腕を通し、前を合わせた。

桂はかなり目を悪くしているから、養い子のだらしない格好をはっきりと見ているわけではあるまい。しかし、だからといって気は抜けない。夏樹のこととなると、見える者以上の勘を働かせるのだから。

案の定、桂は近寄ってくるなり、夏樹のむきだしの膝小僧をぴしゃりと叩《たた》いた。

「あたっ！」

思わず声をあげ、夏樹は膝を胸に寄せる。うらめしげに見上げる養い子に、桂は涼しい顔で、

「お父君のいらっしゃらないうちは、夏樹さまがこの邸《やしき》のあるじ。あるじたるもの、いつ、どなたがお出《い》でになってもよいように、きちんとしているものですよ」

こんな暑い中、誰も来ないって……と反論したいところを夏樹はぐっとこらえた。へたに言い返すとあとが怖い。

「それに、このようにだらしないお姿を御方《おかた》さまがご覧になったら、どう思われますことか。御方さまが亡くなられてから、ずっと夏樹さまをお育てした、この桂のせいになりましょう。我慢を知らない幼子ならともかく、元服も済ませられ、御所でお勤めされるようにもなられたのですよ。これくらい、こらえきれずにどうしますのか」

現にいま、言い返したいのをこらえているというのに、そこは理解してもらえないらしい。

夏樹は不満げな顔を隠そうと下を向き、指貫の裾を足首まで下ろした。伏せた頭の上

で、桂の小言はなおも続く。

あれこれ言うのは、それだけ期待している証拠。大切に育てた若君を、早く立派な貴公子にしたいと願っているからだ。

重々、わかっている。けれども、とうの昔に亡くなった母や、遠い周防《すおう》の国（現在の山口県東部）に国司《こくし》として赴いている父を引きあいに出されると、夏樹はかえって気が萎《な》えてしまうのだ。

なにしろ、元服したと言っても、まだほんの十五歳。位は、内裏《だいり》の殿舎《でんしゃ》にあがることの許されない六位《ろくい》。右近将監《うこんのじょう》という官職《ポスト》も、父が気前よく払った賄賂《わいろ》で手に入れたにすぎない――

「ああ、そうだ！」

わざとらしく聞こえるだろうなと思いつつ、夏樹はぽんと手を打った。

「今日は隣に顔を出すよう言われてたんだっけか。おっと、もうそろそろ行かないと……」

桂は恐ろしくきついまなざしを夏樹に向けたが、すぐに、あきらめたようにため息をついた。

「いったい、まあ、どうして隣にいりびたるようになったのでしょうね」

なにしろ、隣は物《もの》の怪《け》の出る邸と噂《うわさ》されて、長いこと――それこそ、夏樹が子供の頃からずっと空き家のままだったのだ。

なんでも、夜になると、風もないのに几帳《きちょう》が揺れ、怪しい影がうごめき、奇妙なうめき声が聞こえてくるとか。

場所はいいし、家屋そのものも、修理さえすればなんとかなりそうな雰囲気で、そんな見た目にだまされ、いままで何人もが隣に越してきた。だが、どんな剛の者も、例外なく数日中に逃げ出してしまう。

しかし、今回の隣人は、もう三月《みつき》以上、あの家に居ついている。これは、かつてなかった記録だ。

なのに桂は、空き家だった頃よりも、かえって隣の家を不気味がっているようだった。

「聞けば、隣には陰陽師《おんみようじ》が住まうようになったとか。物の怪の出る邸には似合いかもしれませんが、そのような胡散臭《うさんくさ》いところに足しげく出入りなさるとは……」

桂がぐちぐちと言っている間に、夏樹は素早く立ちあがって庭へと逃れた。

「夏樹さま！」

背後で聞こえる桂の制止を無視して、夏樹は庭を駆け抜ける。めざすは、隣との境の築地塀《ついじべい》だ。

築地塀は年代物で、風雨に長くさらされた結果、一か所が大きく崩れていた。早く修理するようにと、桂はうるさく催促するが、こんな便利な通路をつぶす気はさらさらない。

夏樹はその破れめから、隣の敷地へ楽々と侵入する。

隣の庭は夏草が茫々《ぼうぼう》に茂っていた。その草を踏みわけていきながら、ふと、夏樹は妙なことに気がついた。

自分の邸の庭では草木はみなしおれているのに、ここでは雑草まで青々としている。かといって、丹念に水をやっているにしては手入れが雑だ。むしろ、ほったらかしにされていると言ったほうがいい。

(それに、この庭、うちよりも涼しいような気がする……)

首を傾《かし》げつつ、夏樹は邸の簀子縁《すのこえん》(外に張り出した廊)まで近づいた。階《きざはし》に足をかけ、そこから中へ向かって声をかける。

が、返答はない。

妻戸《つまど》も蔀格子《しとみごうし》も開けっ放しで、留守ということはあるまい。夏樹はそう判断し、勝手知ったる他人の家とばかりに、ずかずかと上がりこんだ。

御簾《みす》をまくり上げながら、もう一度、友人の名を呼ぶ。

「一条《いちじょう》……?」

その呼びかけは、途中で疑問符にすりかわってしまった。ひんやりと冷たい風が彼の頬をかすめていったせいだ。

薄暗い部屋の中は、季節が変わったのかと思うほど涼しかった。

一気に汗がひいていく。思いがけぬ冷気は、肌にとても心地《ここち》好《よ》い。だが――

「どういう仕掛けだ？」

夏樹が小さくつぶやくと、それに応えるように、部屋の隅で何者かが身動きした。

すぐさま、そちらへ視線を向ける。当然、この家のあるじがいるものと思って。

そうでないことはすぐにわかった。が、外の陽射しに慣れていた目には、部屋の隅はよけいに暗く感じられ、相手の顔がよく見えない。

不安に駆られた夏樹は何度も瞬《まばた》きをし、目を細めもした。やっと暗がりに馴染《なじ》んだ目に捉《とら》えたのは、初めて見る女人《にょにん》だった。

断りもなく部屋に踏みこんだ異性を前にして、彼女は落ち着きはらっている。夏樹のほうがうろたえているくらいだ。

それに、彼女はこちらが気恥ずかしくなるほどの気品に満ちていた。

その印象をさらに強める、視線の厳しさ。額から左の目尻にかけて、ぽつりぽつりとひろがる青い色。

（痣《あざ》？　それとも、刺青《いれずみ》？）

その紫がかった青は、釣り鐘状の花の形をしていた。

しばらくみつめて、やっと夏樹はその花の名を思い出す。竜胆《りんどう》だ。

そういえば、装束も竜胆の花を模した色合いになっている。いちばん上の表着は紫、その下にさらに紫・薄紫・緑といったふうに、色合いの異なる衣を重ねて着ているのだ。

彼女の額の花に、その装いはふさわしい。が、いまの季節にはそぐわない。竜胆の重袿《かさねうちぎ》は夏ではなく、その花が咲く秋に着るべきものだ。

装束の決まりごとを平気で破るような女性《にょしょう》には見えない。それもあって夏樹がとまどっていると、奥の几帳の陰から、ふらりと誰かが出てきた。

「ああ、誰かと思ったら、お隣の右近将監どのか……」

そう言いながら現れたのは、この邸のあるじで、夏樹の友人の一条だった。

どうやら、几帳のむこうで寝ていたらしく、卯花襲《うのはながさね》の狩衣がくしゃくしゃになっている。

卯花襲は表が白で、裏が青。これはちゃんと夏の色合わせだ。それを見て、なんとなく夏樹はホッとする。

草茫々の庭を歩いているうちに、季節が秋に移ったわけではなさそうだ。そのようなこと、普通ならあるはずもないが、一条の邸だと何が起こっても不思議ではないから、気が抜けない。

が、一条が慣習どおりだったのは、季節に合わせているという点だけだった。烏帽子《えぼし》はかぶっておらず、長い髪は女人のように結わずに垂らしたままだ。

人前に出る際、成人男子は烏帽子をかぶるのが礼儀だが、夏樹はいまさら咎《とが》める気にもなれなかった。むしろ、そうやって乱れた格好のほうが一条らしいと、内心密《ひそ》かに認めてもいた。

そう、一条は男とは思えぬほどみごとな漆黒《しっこく》の髪を持っているのだ。烏帽子におさめてしまうのはもったいない。

加えて、彼の白い肌と薄赤い唇、切れ長の目は、なんとも妖しい魅力を放っていた。繊細でいながら、けして脆弱《ぜいじゃく》ではない。

これほど完璧な美を、夏樹は他に知らない。だからこそ、驚かずにはいられない――中身とのずれを。

一条は髪を後ろにかきやって、大きくあくびをした。

「で、なんの用だ」

めんどくさそうな口調から、安眠をじゃまされて少々機嫌を悪くしていることは明らかだ。

しかし、夏樹もそれくらいではめげない。というか、他のことに気をとられていて、一条の機嫌の善《よ》し悪《あ》しになど構っていられなかった。

「こちらの女性は……」

「ああ、長月《ながつき》と顔を合わせるのは初めてか」

長月は九月の異称だ。その名を聞いて、夏樹は女の正体を悟った。

「式神《しきがみ》か」

「ご明察」

一条がにやりと笑う。この、花をもあざむく美少年は、陰陽師となるべく修行中の陰《おん》陽生《みょうしょう》だった。

陰陽師とは、吉凶占いを専門とする技能者である。大内裏（内裏をとりまく官庁街）には陰陽寮という役所があり、そこでは陰陽師たちが天文の観測、暦《こよみ》の作成などを行っていた。

陰陽生は、陰陽寮で学ぶ学生《がくしょう》といったところだろうか。

そして、式神とは陰陽師が操る鬼神だ。

以前、一条が式神を使うところを、夏樹は目撃したことがあった。そのときの式神は目の前の女ではなかったが、やはり、水無月《みなづき》という月の名前を与えられていた。それで、長月という名を聞いただけで、ピンときたのだ。

なるほど、秋の月の名を持った式神なら、あえて季節外れの装束を身に着けることもあるだろう。ひとの決まりを彼らに当てはめることはできない。これはひとではなく、精霊《しょうりょう》なのだから。

「で……式神を使って何をしようとしてたんだ？」

好奇心にかられて尋ねると、一条は妙な表情を浮かべた。いたずらをみつけられたときのような照れが、見えなくもない。

もっともったいぶるかと思ったが、意外に彼はあっさり白状した。

「あんまり暑いんで、長月に晩秋の涼を呼んでもらったのさ」

「道理で……」

そういうことなら、この部屋の涼しさにも納得がいく。庭の草木が猛暑にかかわらず潤っていたのも、長月の影響だったのだろう。

しかし、外から入ってきたばかりは快適だが、ずっとこの部屋にいるなら涼しすぎはしないだろうか。

その疑問に、これまた一条はあっさりと答える。

「この涼しさの中で、大袿《おおうちぎ》を何枚もひっかぶって寝るのが最高なのさ」

「……そういうことなら、もっと早く来ればよかったな。ここはこんなに涼しいのに、忙しいだろうと思って遠慮してたのが、なんだか馬鹿みたいだ」

夏樹の口調はどことなく恨みがましい。

「忙しかったのは事実だよ。この日照りで、雨乞《あまご》いの予定がぎっしり」

語尾に重ねて、一条はまたあくびをする。疲れているのも事実らしい。

「大丈夫か？　なんだったら、もう少し寝ておいたほうが……」

「何が疲れるって、気難し屋の長月をずっと働かせるのがいちばんこたえる」

夏樹は黙って、握り拳《こぶし》を振りあげた。それが頭上に叩き下ろされる寸前、一条はひらりと身を躱《かわ》す。

「嘘《うそ》だよ。明日に備えて寝ていただけさ。長月は気難し屋なんかじゃないし」

自分の名があがっても、長月は表情ひとつ変えない。喜怒哀楽というものが彼女には存在しないかのようだ。

やはり、ひととは違うのか、と夏樹は思った。と、同時に、この邸で生きた人間は一条ひとりだということを改めて感じる。彼は身のまわりの世話もすべて式神にまかせているらしいのだ。

そういえば、何も知らない――一条の家族のこと、彼自身の生いたちのことも。

今年の春に知り合ったばかりだから、それも当然なのかもしれない。それに、親だの生いたちだのは、一条本人とつきあうことになんの関わりもないはずだ。

（だけど、こっちのことはいつのまにか知られちゃってるんだよな……）

夏樹の父親が周防守《すおうのかみ》であることはもちろん、四年前までは都で官職についていたが、上層部とやりあったのが原因で任国《にんこく》に下ったことも知っているようだ。

いまは亡き母親が、世が世ならば大臣家の孫娘として大切に育てられただろうことまで知っていたとしても、おかしくはない。

なにしろ御所ではいとこが女房勤めをしていて、夏樹の話をいろいろと同僚に聞かせているらしいのだ。

どうせ、父親について四年も京を離れていた田舎《いなか》くさいやつ、と言われているのだろう――と、夏樹はいまだに思いこんでいる。事実はそうではないことを教える者はまだいなかった。

「それはそうと、右近将監どのは、出仕しなくていいのか?」

「ああ、この暑さだからね、夜から行くよ」

夏樹は紙扇を顔の前で揺らしてみせたが、この部屋で起こす風は肌に冷たすぎた。夏の薄着のまま長居すると、風病《かぜ》をひいてしまいそうだ。

「涼むのはいいけど……外とあんまり差があり過ぎては、かえって身体に悪いぞ」

「今日は特別だ。明日は大仕事だから」

「ああ、そうか」

一条の言葉に、夏樹はつい最近、御所で耳にした話を思い出す。

「神泉苑《しんせんえん》で雨乞い合戦するんだって?」

「師匠がね。こっちは手伝うだけのことさ」

一条の師匠は、賀茂《かも》の権博士《ごんのはかせ》。弱冠二十歳《はたち》の若さながら、陰陽寮でめきめき頭角を現しつつある陰陽師だ。

その賀茂の権博士が神泉苑で雨乞いをする――しかも、ただの雨乞いではなく、密教僧とどちらが雨を降らせられるか、術を競い合うといった形で。

都はいま、その話でもちきりだった。夏樹もそれを知って、隣家への訪《おとな》いを最近遠慮していたのだ。

心配していたとおり、目の前の一条はどことなく疲れている様子だった。雨乞い合戦の準備のため、忙しく立ちまわっているせいに違いない。

なにしろ、今回の雨乞いには賀茂の権博士ひとりの名誉ではなく、陰陽寮全体の威信がかかっている。一条が力むのは当然。今日は明日に備えての休みなのだろう。

「雨乞いのことはよくわからないけど……とにかく、がんばれよ」

「ああ、なんとかするよ」

何を思い出したか、一条は急にニヤリと笑った。

「日照り神は本当はきれいな天女だっていうしね」

「なんだ、そりゃ？」

「知らないのか？　大昔の伝説だが、雨風を操る魔神相手に苦戦した遠い国の皇帝が、天に援軍を頼んだところ、きれいな天女が降りてきて、彼女が雨も風も無効にしてしまった。おかげで皇帝軍は勝ったものの、力を使い過ぎたのか、天女は天に帰れなくなるんだな。それだけならまだしも、天女の意思とは関係なく、彼女の周辺では雨が一切、降らなくなる。日照りの元凶として嫌われた天女は、ついに辺境の地に追い落とされてしまうんだ」

「そりゃあ、ひどすぎるんじゃないか？」

「ただの伝説だよ、伝説。教訓があるとしたら、人間はどこまでも身勝手で、雨風を降らせなくする天女も万能なわけではない——といったところかな」

一条の琥珀色《こはくいろ》の瞳に、どこか意味ありげな表情が浮かぶ。夏樹はとまどうと同時に、怒った自分が急に恥ずかしくなり、照れ隠しに、

「……だけど、そんなにきれいな天女なら会ってみたいもんだな」

「だろう？　だけど、実際、明日会うのは中年の坊さんだよ」

一条はそう言って短く笑った。その笑みはなぜか弱々しく、夏樹は奇妙な不安にかられたが、

（きっと、疲れているからさ）

と、おのれに言い聞かせ、不安を打ち消す。

一条は自在に式神を操ることができる。ならば、彼の師匠も常人ならざる力の持ち主のはず。その権博士が術競《じゅつくら》べに敗れるなどということがあろうか。

（大丈夫。一条なら大丈夫だ）

胸の内でそうくり返しながら、夏樹はちらりと長月を盗み見た。

ヒトのようでいてヒトでない式神の長月は、存在そのものが一条の呪力《じゅりょく》の証明である。対する僧侶《そうりょ》がどんな相手かは知らないが、彼ならそう易々《やすやす》とは負けはすまい。

(だよな、一条)

そんな夏樹の心を知ってか知らずか、長月は静かな湖面のごとき無表情を保ったまま。額の青紫の花びらは、さしずめ湖畔に咲いた竜胆の映し姿に見えた。

その夜、参内《さんだい》した夏樹はすぐさま滝口《たきぐち》の陣《じん》へ向かった。

夏樹の所属は、御所内の警固《けいご》を担当する近衛府《このえふ》。本来なら大内裏の西端の右近衛府《うこんのえふ》か、内裏の中の出張所である右近の陣に詰めていなくてはならない。

しかし、そのどちらにも彼の居場所はなかった。今年の春に御所勤めを始めてからずっと、近衛の同僚は夏樹を無視し続けているのだ。

上司の右近中将《うこんのちゅうじょう》は何かと目をかけてくれるが、かえってそれが他の者から夏樹を遠ざける原因になっていた。新参者のくせに中将さまにうまくとりいりやがって、と思われてしまったのだ。

同僚たちに受け容《い》れてもらえるよう、不器用なりに努力はした。けれども、向けられる冷たいまなざしは変わらない。夏樹はもう、和解を諦めてしまい、御所ではなるべく彼らのいないところで骨休めするようにしていた。

滝口の陣は警固の武士のための詰所。前にひょんなことから滝口の武士と知り合いになり、以来ここで時間を潰すことが多くなっていた。

すっかり親しくなった弘季《ひろすえ》という年輩の滝口と、今夜も世間話に興じる。話題はやはり神泉苑での雨乞い合戦についてだ。

「いよいよ明日だな、神泉苑の雨乞いは」

夜とはいえ、陣では篝火《かがりび》がいくつも燃えているため、かなり暑苦しい。

扇で風を送りながら、夏樹は、

「そうですねえ」

と、さして関心のないふりを装う。が、弘季の次のひと言で、それもできなくなった。

「で、陰陽師のほうは勝算があると言っていたか？」

夏樹が陰陽寮にも出入りしていることを知って、そう尋ねたのだろう。単刀直入な質問に、夏樹は苦笑いを洩《も》らした。

「さあ……」

滝口の武士に、夏樹は最初、とっつきにくい印象を持った。たとえば、弘季のぶっきらぼうなものの言いかたや、武家に相応《ふさわ》しく厳《いかめ》しい容貌などに。

しかし、慣れてしまうのも早かった。一条のような、歯に衣着《きぬ》せぬ友人を持ったからかもしれない。

「あいにく、勝算があるともないとも聞いてませんね」

「勝ってもらわなくては弘徽殿《こきでん》が困るだろうに」

「え？」

ふいに出てきた弘徽殿の名に、夏樹はいぶかしげに眉を寄せた。

弘徽殿は御所内の殿舎のひとつだが、そこに住む妃《きさき》を指す場合もあった。現在、そこに住まうのは、弘徽殿の女御《にょうご》。左大臣《さだいじん》家の姫君で、帝《みかど》の寵愛《ちょうあい》も厚い。

その女御が雨乞いに関わってくる理由を、夏樹はすぐには思いつけなかった。

「どうして、女御さまが？」

今度は、弘季が驚く番だった。

「なんだ、知らないのか？　弘徽殿にはよく出向いているんじゃなかったか？」

「ええ、弘徽殿にはいとこが女房勤めをしていますけど……」

夏樹は赤くなって口ごもった。なぜ最近、弘徽殿に寄らなくなったのか、とても自分の口からは言えない――

あれは十日ほど前、弘徽殿にいとこの深雪《みゆき》を訪ねていったときのことだ。

ちょうど弘徽殿の簀子縁に若い女房がいたので、いとこへの取り次ぎを頼んだ。すると、彼女は素早く文《ふみ》を夏樹に手渡したのだ。

あとで開いて見てみると、これが熱烈な恋文だった。蛍のように、あなたさまへの思いにこの身を焦がしております――といった内容の和歌がしたためてあった。

しかし、こういうことに不慣れな夏樹はどうしていいかわからない。それからというもの、返事も出せないまま、弘徽殿への足も遠のいてしまった。

あの件がなかったら、弘季に言われる前に、おしゃべり好きな深雪から雨乞いがらみの噂をたっぷりと聞かされていたことだろう。

「最近は忙しくて……」

夏樹はとりあえず、そうごまかした。

本当に忙しかったら滝口の陣へも来られないはずで、下手《へた》な嘘だった。が、ありがたいことに弘季は深くは追及せず、何も知らない夏樹に事の始まりを手短に話してくれた。

「なんでも最初は、弘徽殿が賀茂の権博士を推薦されたそうだ。それを知って、承香《しょうきょう》殿《でん》が陰陽師よりも腕が確かだとか言って、照覚《しょうかく》とかいう坊主を推したと聞いたな。で、どちらが雨を降らせられるか、になったらしいぞ」

「それじゃあ、今度の雨乞いは後宮《こうきゅう》が発端？」

「そういうことだな。言ってしまえば、女同士の争いにすぎないわけだ」

自分には関係ないとばかりに、弘季は言ってのける。

夏樹はとてもそんなふうには片づけられない。弘徽殿にも、陰陽寮にも、彼は関わりすぎている。

いまになって、やっと一条の苦労がわかった。名誉だけの問題ではない。これは弘徽殿と承香殿との争いでもある。万が一、権博士が負けなどしたら、権力者（この場合、女御の父の左大臣）の不興を買って、あとあと出世に響くことになるのだ。

「まあ、雨さえ降ってくれれば、陰陽師の術のおかげだろうが、密教僧の法力《ほうりき》のおかげだろうが、どちらでもかまわぬよ」

それはそうだ。民にとって、勝敗の行方などより雨そのもののほうが大事なはず。

（確かにそれはそうなんだけど――）

夏樹は曖昧《あいまい》に首を振った。まるで面識のない承香殿や密教僧を悪しざまに言うことはできないが、ついついやってしまいそうになり、おのれの器の小ささにげんなりする。

首を振りついでに何気なく篝火のほうを向くと、篝火の脇に立っていた若い滝口の武士と、目が合った。

相手は棒を飲んだような直立不動の姿勢で、すぐさま目をそらした。そのあわてぶりといい、気恥ずかしそうな様子といい、それまでずっと夏樹を見ていたのは確かだ。

別に、これが初めてではない。弘季と話しているときに、他の滝口の視線を感じることは、ままあった。

それはけして、右近の陣で向けられる視線と同じものではない。

あちらでの視線には、露骨に妬《ねた》みや憎しみが混じっていた。どうして、そこまで嫌われるのかと、不思議に思うほどに。

滝口の陣で向けられる視線は、好奇心から生まれるもののようだ。気がついたら、そちらへ目が行っている、といった感じで。目が合うと、どんな無骨な侍も恥ずかしそうに顔を伏せる。

だから、夏樹もじろじろ見られて厭《いや》だとまでは思わない。まったく所属の違う者が足しげく通ってくるのだから、珍しがられるのも仕方があるまい、と軽く考えていた。

確かに武士たちは、珍しいもの、場違いなものを見る目をしていた。だが、そればかりではなく、こちらに見惚《みと》れてもいることに、夏樹はまったく気づいていなかった。

横にいる弘季には、夏樹の鈍さがおかしくてたまらなかったのだろう。本当のことを教えてやろうと、口を開きかける。

が、ちょうどそのとき、陣に小柄な小舎人童《こどねりわらわ》があわただしく飛びこんできた。童はまっすぐ、夏樹の前に走り寄る。

「ここにいらっしゃいましたか、右近将監さま」

童の甲高い声が陣の中で響き渡る。

まわりの視線がよりいっそう集まるのを肌で感じて、夏樹はうろたえた。しかし、童は気にもせず、さらに声高に伝言を告げる。

「弘徽殿の伊勢《いせ》の君《きみ》から、急ぎおいでくださいますようにと、承ってございます」

伊勢の君とは、いとこの深雪の宮中での呼び名。

最近、寄らなくなったものだから、痺《しび》れをきらして呼びに来たのか。あるいは、本当に火急の用なのか。とにかく、無視するわけにはいかない。

童は用は済んだとばかりに、もう陣から走り出ていた。夏樹も早く行かないと、いとこが機嫌を悪くするだろう。

ちらりと弘季を見ると、彼は軽くうなずき返してくれた。気にせず行ってくるといい、という合図だ。

もっと話していたい気もするが、ここは彼の厚意に甘えたほうがいいだろう。

「では、失礼」

夏樹は一礼すると、童のあとを追うように駆け足で陣を離れた。

滝口たちはみな、残念そうな顔をして夏樹を見送る。確かに、彼のいなくなった陣からは華やぎというものが急に欠けてしまった。

弘季はまわりのそんな反応に、密かに苦笑いする。

その彼もみなと同じように夏樹の後ろ姿を目で追っていた。そこに、東国《とうごく》に残してきた息子の面影を重ねていたのだ。

（そういえば、右近将監どのと愚息とは、幾つも違わない年齢《とし》だったな……）

いつしか、自分でも気づかぬうちに、弘季は父親の顔になっていた。

弘徽殿は滝口の陣にかなり近い。

しかし、前方に、伝言してきた小舎人童の姿は見当たらない。きっと、他にも用があって、別の場所に向かったのだろう。

せきたてる者がいないので、夏樹の足どりは、かなり用心深いものになった。もしも、あの文をくれた女房と顔を合わせたりしたらどうしようと、頭を悩ませていたのだ。

途中、立ち止まって、自分の服装を検分する。

袍《ほう》の深緑は、昇殿できない六位《ろくい》を表す色。格の低い、ぱっとしない色だが、この際、気にしないようにする。

その代わり、指貫《さしぬき》は手持ちの中でも特にいい物を選んで着ている。これで多少はましに見えるだろう。

念のため、冠《かんむり》はかぶりなおし、腰に下げた太刀《たち》も袖でさっと拭いておく。母の形見の太刀は、さすがに古風な飾りつけだが、物自体はいいはずだ。

まだまだ落ち着かないが、いまのところ、これ以上は何もできない。観念して、夏樹は再び歩き出す。

やがて、行く手に弘徽殿の殿舎が見えてきた。いつもの東側の簀子縁に向かう。が、その簀子縁に人影を発見して、夏樹は思わず立ち止まった。もしかしたら、文をくれたあの女房かもしれない……。

回れ右して逃げようかと迷っていると、簀子縁の人影が声をかけてきた。

「そこにいるのは誰？　夏樹なの？」

その声を聞くなり、夏樹はホッとして全身の力を抜いた。

「深雪か……」

近づいてみると、深雪は杜若《かきつばた》の唐衣《からぎぬ》に裳《も》をつけた正装で、簀子縁に腰かけていた。夏樹を待って、そこまで出てきてくれたのだろう。

「ようやく来たわね。どこをうろついているのかと思ったら、滝口の陣にいりびたってたんですって？」

檜扇《ひおうぎ》で顔を半分隠したまま、深雪が皮肉まじりの口調で言う。

彼女がこういう言いかたをするということは、話を盗み聞きされる心配がないということだ。それに気づき、夏樹もくつろいだ口調になる。

「ああ、右近の陣には居づらくてね」

「まだいじめられてるのね。なんだったら、わたしが代わって仕返ししてやりましょうか？　やりようはいくらでもあるんだから」

「いいよ、いいよ」

夏樹はあわてて深雪の申し出を断った。冗談ではなく、深雪なら本当にやりかねないからだ。こんな凶暴な彼女が宮中では、才気あふれる美貌の若女房と評判になっている。そこがずるいなと、夏樹などは思う。

昔はオテンバで、木に登ったり、蛇を捕まえたりしていたくせに、女房勤めを始めた途端、そんなこともあったかしらねと笑ってみせる。

それでいて、夏樹の前では昔どおりの深雪に戻る。が、そばに第三者がいるときは、完璧に伊勢の君であり続ける。

自分の評判を守るためなら、気絶したふりもできるだろう。ゆえに、伊勢の君が実はこんなであるとは、宮中では誰も知る者がなかった。

「それで、何の用だ？」

「ねえ、見て、この杜若の唐衣。似合うでしょ？」

「なんだよ、そんなことで呼んだのか」

「なによ、その言いかた。これ、できたばかりの新品なのよ」

深雪はぷっと膨れたが、新品がよほど嬉《うれ》しいのか、すぐに機嫌を直した。夏樹に衣装を見せつつ、くるりと一回転する。

「どう？」

「似合う、似合う」

「もっと、気持ちをこめて言ってよ」

いくら相手がいとこでも、手放しで褒めるのは恥ずかしすぎる。夏樹は照れ笑いでごまかしたが、心の中では深雪の美しさを素直に認めていた。

杜若は表が二藍《ふたあい》（青紫）、裏が萌黄《もえぎ》の襲《かさね》。唐衣の下の袿《うちぎ》も、杜若の色合いに合わせて、紫や青の濃淡を重ね着していた。

紫・緑・青の配色はとても涼しげで、いかにも夏らしい装束に仕上がっている。かといって、いちばん下は紅《あか》だから、寂しすぎることもない。

きっとまた、若い公達《きんだち》の間で噂になるだろう。

しかし――夏樹は見た目より実質的なことが気になった。

これでは、少なくとも七枚は着こんでいることになる。いくら夏用の薄い生地でも、これだけ重ねれば暑くてたまらないはずだ。

夏樹がそれを心配して尋ねると、深雪はふんと鼻で笑った。

「わかってないのね。だから、夜まで待って着替えたんじゃないの」

確かに、言われてみれば、涼しい夜風が吹いている。

滝口の陣にいたときは暑苦しい夜だなと感じたのに、弘徽殿のまわりは涼しい。おそらく、陣が暑かったのは、たくさんの篝火の熱気のせいだったのだろう。

「それにね、神泉苑じゃまだ池に水があるって聞いたから、そんなに暑苦しくはならないんじゃないかと思ったのよ」

「神泉苑?」

今日、何度も耳にした言葉だ。

「ええ。女御さまのお伴《とも》でわたしも雨乞いを見にいくの。それで、わざわざ衣装を仕立てたわけ」

「なるほど」

納得してうなずきながら、あのことを問い質《ただ》すのはいまかもしれない、と夏樹は思った。

「明日の雨乞い合戦だけど……陰陽師と密教僧の術競べに、後宮がからんでいるって本当なのかな」

「あらやだ、知らなかったの?」

途端に、深雪の目が輝き出した。

もの知らずのいとこにあれこれ教えるのが、彼女はことのほか大好きなのだ。さっそく偉そうに、ふんぞりかえる。

「だからこそ、弘徽殿の女御さまはもとより、承香殿の女御さま、直接、関係のない藤壺《ふじつぼ》の女御さままで揃《そろ》って見物に出られるんじゃない。雨乞い合戦とは表向き、実際はうちと承香殿の戦いですもんね。あの、おっとりした藤壺の女御さままでが見物したがるんですもの、殿上人《てんじょうびと》はこぞって見に来るわよ」

弘徽殿の女御は左大臣家の娘、承香殿の女御は右大臣《うだいじん》家の娘である。なにかと比較されるため、互いに相手の動きを気にするのも自然な流れといえよう。

いまひとりの女御である藤壺は、皇族出身でおとなしい性格のためか、競って争おうとする傾向はなかった。

「ま、絶対、権博士の勝ちよ。承香殿の勧める坊主なんて、たいしたことないわ」

深雪はやけに自信たっぷりに言いきる。

「その根拠は？」

「もちろん、あるわよ。その照覚とかいう坊主、若い頃は比叡《ひえい》のお山にいたそうなんだけど、何をやらかしたのか、破門されちゃってるのよ。承香殿は、才能がありすぎて周囲に妬まれて、とか説明してるらしいけど、そんなのわかったもんじゃないわよね。おおかた、女に手を出したとか、生臭いことやって追い出されたに決まってるわ」

さすがは後宮で暮らす女房、滝口の弘季より詳しい事情を握っている。ただし、かなり主観が混じっているような……。

「で、いまは嵯峨野《さがの》の庵《いおり》に住んでるらしいの。近隣の者なんかが、病気にかかると加持《かじ》祈禱《きとう》をしてもらいによく通うらしいわ。それがまた、よく治るんですって。でも、それも承香殿の言ってることだから、どこまで本当だかねえ」

弘徽殿側の女房としての誇りゆえか、単にもめごとが好きなのか、深雪はかなり承香殿に対抗意識を燃やしていた。

夏樹は半ばあきれながら、

「よく知ってるなあ……」

と、つぶやいた。それをすかさず、深雪が聞き咎める。

「あら、そっちが知らなかったのは、最近、弘徽殿に寄らなくなったからでしょ？」

妙に含みのある言いかただ。どうも、雲行きがあやしい。

「どうして弘徽殿を避けていたかは聞かないわ。だって、知ってるんですもの」

夏樹はとっさに頭を抱えた。

（やっぱり……）

深雪がわざわざ使いをたてて呼んだのも、そのことでねちねちと責めるつもりだったからだと、ようやくわかる。

「同僚の女房がね、わたしに相談をもちかけてきたのよ。『あなたのいとこどのに文をさしあげたのに、いまだにお返事がないのよ。どうしたらいいかしら』って。だから、代わりに答えておいたわよ。『いとこはこういうことには慣れていないし、変に高望みする癖もあるのよねえ』って」

「なんだよ、その高望みっていうのは。身に覚えが全然ないぞ」

そんなことを言われたら、相手は間違いなく気を悪くするはず。が、それこそ深雪の狙いだった。

「桂にも頼まれてるのよ、夏樹に悪い虫がつかないよう気をつけてほしいって。純真なあなたが、物慣れた都の女にふりまわされたりしたら気の毒ですものね。こうやって憎まれ役を引き受けたのも、いとこの将来を思ってこそ。感謝しなさいよ」

深雪は鬼の首でもとったかのように、高らかに笑った。夏樹はもう何も言えない。

このいとこが宮中にいる限り、自分は恋など絶対にできないことが、これではっきりした。いつのまに、こんな女同士の共同戦線が張られていたのやら。

（桂もひどいよなあ。そんなこと、ひと言も言わなかったくせに……）

とはいえ――あんな艶《つや》っぽい文をもらったこと自体が何かの間違い、と思えば腹も立たない。

（きっと、むこうもからかい半分だったんだろうな。でなきゃ、そもそもこんなこと起こりっこないよ）

夏樹は心の底からため息をついた。

「気にかけてくれて、どうもありがとう……」

「どういたしまして」

皮肉をこめたつもりだったが、深雪にまた高笑いされてしまった。

「じゃあ、これで……そろそろ、右近の陣に戻らないといけないから……」

夏樹はすっかり打ちひしがれて、深雪に背を向けた。腹も立たないと思っていながら、実はけっこう傷ついていたらしい。

ふらふらしながら立ち去っていく夏樹の後ろ姿に、深雪はそっと手を合わせた。ついでに、ぺろりと舌を出す。

（ごめんね、夏樹）

本当は、彼に文を渡そうとした女房はひとりではなかった。これまでに何人も、「いとこどのに渡してね」と言って、深雪に恋文を託した女房がいたのだ。

しかし、深雪はその文をすべて握り潰した。夏樹には隠したまま、相手の女房には『渡したけど脈がないみたい』で押しきった。

乳母の桂に頼まれたからではない。むしろ、桂はその点に関してはおおらかだった。自慢の養い子が全然もてないより、もてるほうが嬉しいらしい。

彼に悪い虫がついては困るのは、深雪本人だった。

（あの鈍さ、もう少しなんとかならないのかしら）

と、嘆く反面、

（だからこそ安心していられるのよね）

と嬉しくも思う。

深雪はふと、自分の杜若の装束に視線を落とした。夏樹にいちばん初めに見せたかった、美麗な装束に。

なのに、たいして褒めてもくれなかった。それがくやしくて、深雪は檜扇でさっと顔を隠すと、いまいましげに舌打ちした。

彼女の盛大な舌打ちの音を聞いたのは、空にかかった月だけだった。

そして、翌日。神泉苑での雨乞いが始まった。

神泉苑は大内裏のすぐ南にある庭園で、広い池とそれを囲む豊富な緑で構成されている。

池の水位はいつもより低かったが、水量はまだまだ充分ある。さすがは龍が棲《す》むという伝説の池だった。

龍神は雨の神。雨乞いの場には、確かに相応しい場所である。

かつて、ここでは何度も雨乞いが行われてきたが、これほど大がかりなものはまたとあるまいと誰もが思った。

なにしろ、帝御《おんみずか》自らがお出ましなのだから。

そのうえ、妃たちとそのお付きの女房たち、宮中の諸官が、これを見逃したら一生の損とばかりに集《つど》っている。

夏樹も右近将監として、その場に参加していた。ようするに、近衛がぞろぞろといかにも武官らしい装いで、お飾りとして並んでいたわけである。

夏樹は直立不動の姿勢のまま、目だけきょろきょろ動かして、あたりを見回していた。なにしろ、雨乞いなど間近に見るのは初めてで、すべてが珍しくて仕方ない。

加えて、いっしょに立ち並んでいる同僚たちが、苦しげにしているのもおかしかった。照りつける強い陽射しと暑さがこたえているのだろう。すぐ前にいる光行《みつゆき》などは、足もとがかなりふらついている。

夏樹は彼に全然同情していなかった。それどころか、意地悪な笑いを必死でこらえている。

光行は夏樹いびりの首謀者だ。これぐらい楽しませてもらっても、バチは当たらないはずだ。

光行に恨まれてしまったのは、どうも、上司の右近中将のお気に入りの座を奪ったのが理由らしい。夏樹の側には、奪おうとして奪ったつもりは毛頭なく、むしろ熨斗《のし》をつけて返してあげたいくらいなのだが。

当の右近中将は、部下たちのいちばん前に控えている。その緋色《ひいろ》の袍《ほう》は、夏の陽射しの下でなおさら鮮やかに映える。

むさ苦しい髭《ひげ》づらの右近中将が、凛々《りり》しく見えてくるから不思議だ。出世欲をあまり持ち合わせていない上に、中将をあまり尊敬できなくなっている夏樹でも、華やかに着飾った上司の雄姿をまのあたりにして、

（いつかは六位の緑じゃなくて、四位《しい》の緋《あけ》を着てみたいな）

などと考える。だからといって、右近中将に積極的に擦り寄っていこうとは思わないが……。

気分を変え、女御たちのいる桟敷《さじき》のほうに目を向ける。

一面に御簾が下がっているので中をうかがい知ることはできないが、あそこのどこかに、杜若の衣装に身を包んだ深雪がいるはずだった。もしかしたら、むこうもこちらを見ているかもしれない。

夏樹は背筋をしゃんと伸ばして顎《あご》をひいた。絶対に光行のようにふらついたりはすまいと、自らに言い聞かせる。

あとになって深雪に、

「なに、ふらふらしてたのよ。情けないわね」

と、いびられたくないがためだ。

それでも、流れる汗までは止めることができない。全身汗だくになりながら、さっさ

と雨乞いでもなにでも始めてしまえばいいのに、といらだつ。

しかし、何かに手こずっているのか、なかなか始まってくれない。

カッと照りつける太陽。むきだしのうなじに、突き刺さるような陽射し。大地からたちのぼる熱気も、つらい。

さっきの決意はどこへやら、夏樹はだんだん弱音を吐きたくなってきた。

（いっそ、しゃがみこみたい……）

そう思っていると、後方でざわめきが起きた。賀茂の権博士がやっと現れたのだ。

夏樹は権博士の姿を目にしただけで、一気に身体も気持ちも楽になった。まるで、涼しい風に暑気をはらってもらったかのように。

賀茂の権博士は白い無紋の袍に身を包んでいた。そのせいか、とてもさわやかな印象を与える。

さらに、彼の背後に従うのは、権博士とはまた違った趣きの美貌の持ち主だ。

師匠と同じ白い無紋の衣装。冠をきちんと着用してはいるが、少女とも思える繊細な顔だちである。そのままの男のなりでも、どんな美姫《びき》もかなうまい。

この炎天下で汗ひとつかかず、肌は強い陽射しに透けてしまいそうなくらい白い。長身の師匠の後ろにいるためか、そうでもないのに華奢《きゃしゃ》に見える。しかし、色素の淡い瞳が浮かべる表情は、冷ややかとも形容できそうだった。

彼こそが、賀茂の権博士の愛弟子《まなでし》・陰陽生の一条であった。

一条が登場するとともに、まわりの人々が微《かす》かにどよめいた。夏樹はそれを感じ取り、無理もないなと思った。

きっと桟敷の中では、女房たちがうるさく騒いでいることだろう。檜扇の陰でどんな会話がかわされているかも容易に想像がつく。

『権博士に付き従っていらっしゃるのはどなた？』

『あんな美形が陰陽寮にいたなんて、全然知らなくってよ』

『まあ、あの権博士と並ぶと、なんて美しい……』

などなど。

賀茂の権博士が優秀な弟子を抱えているという噂は早くから広まっていたが、その容姿までは伝わっていなかったらしい。あるいは聞いていても、まさかこれほどと思われていなかったのか。

女房たちはもとより、並みいる高官から雑役《ざつえき》係りの舎人《とねり》に至るまで、その場にいる者のほとんどが一条の美しさに幻惑された。右近中将も、ぽかんと口を開けたままだ。

夏樹だけがわずかに失笑する。

(あれで、本当は猫っかぶりだなんて、ずるいよな)

さまざまな思いが交錯する中、賀茂の権博士と一条は祭壇へと静かに歩む。ふたりとも無表情のまま——権博士はもしかしたら、夏樹と同じように心の中で失笑していたかもしれないが。

祭壇は池のふちにこしらえてあった。木製の台に、飯や果実を高く盛り上げた器をいくつか置き、そのまわりを縄で囲っただけの簡単なものだ。

ふたりが祭壇の前に立ち止まると、それを見計らったかのように、対戦相手が現れた。今度はさきほどのような種類のどよめきはおきない。むしろ、がっかりしたような雰囲気が漂う。密教僧・照覚が特別な美形でもなんでもなかったからだ。

年齢《とし》は五十の初めあたりか。眼光は鋭く、容貌にも厳しい修行をいくたも乗り越えてきたのだろうと思わせる険しさがあった。

が、身体つきはどちらかというと小柄。身に着けた僧衣も、実に質素なものだ。はっきりいって見てくれはパッとしない。なのに、妙に威厳のある雰囲気を漂わせている。照覚の足取りは僧侶ではなく、まるで王者のようだ。

そこがまた、かつては比叡にいたものの、いまは野《や》に追い落とされたという境遇を物語っているふうにも思えた。

照覚は自分のための別の祭壇に近づくでもなく、途中で歩みを止めた。挑戦的な視線はぴたりと権博士の背中に向けている。

まなざしで宣戦布告しているようなものだった。どんなに鈍い者でも、これほど凝視されれば痛いほどに視線を感じるはずだ。

しかし、権博士は振り向かない。一条も同様だった。

夏樹のいるところから、ふたりの横顔がわずかに見えるが、そこに変化はない。気負いすらみつけられない。

権博士が反応せずとも、照覚はみつめ続けている。僧侶の眼力は陰陽師のふたりにではなく、無関係な周囲に及んだ。みなが彼の気迫に押されて黙りこんでしまったのだ。女房たちのざわめきももう聞こえない。御簾の内からは、衣《きぬ》ずれの音さえ起こらない。息を殺しているのかもしれない。

夏樹も、頭に浮かぶ言葉すら失っていた。賀茂の権博士と一条を、ふたりに重圧をかける照覚を、固唾《かたず》を飲んで見守るばかりだ。

神泉苑は静寂に包まれ、緊張がいやがうえにも高まっていく。張りつめた糸のように。

そのとき、唐突に賀茂の権博士が言葉を発した。

「掛巻《かけまく》モ畏《かしこ》キ其大神《そのおほみかみ》ノ廣前《ひろまへ》ニ白《まう》ク《さ》――」

祝詞《のりと》の最初の一節だ。

権博士の低い声は、周囲の緊張を打ち破り、朗々と響く。

神泉苑のあちこちで、ほっとしたような気配が伝わってきた。夏樹も胸を撫《な》で下ろしたひとりだ。

照覚はまだ権博士を見ていた。しかし、彼の視線が権博士を動揺させることは、いまもこれからもない。

「日頃《このごろ》炎旱《ひでり》日《ひ》ヲ経《へ》テ百姓《おほんたから》ノ田作《たつくり》穀作《たなつもの》ヲ始《はじめ》、草ノ片葉《かたは》ニ至ルマデ枯萎《かれしなえ》ルガ故《ゆゑ》ニ今日《けふ》ノ生日《いくひ》ノ足日《たるひ》ノ朝日ノ豊榮登《とよさかのぼり》ニ……」

言葉をひとつひとつはっきりと発声しているせいか、権博士の祝詞は実に重々しく響いた。かといって耳障りなところはなく、独特な節まわしは滑らかに流れていく。

夏樹は期待が膨れあがっていくのを感じた。権博士の途切れることのない力強い声が、そうさせていた。

胡散臭げな密教僧が出てくるまでもない。賀茂の権博士が必ずや雨を降らせてくれるだろう。

その思いを後押しするように、離れて見ている夏樹にも、権博士を包む空気が変わるのがわかった。

あれを〈気〉とでもいうのだろうか。色濃く、熱く、立ち昇る意志。陽炎越しに見るように、権博士の姿が揺らめいている。

夏樹はいつしか、頰に微かな涼風を受けていた。本当に微弱な空気の流れだが、彼はすぐに理解する。権博士の力がもたらしている風なのだと。

まだ感じている者も少ないだろう、このささやかな風が、やがて雨雲を神泉苑に呼び寄せるはずだ。

見上げれば、遠慮なしに太陽が照りつける。灼熱《しゃくねつ》の光線を遮る雲はどこにもない。

けれども、夏樹は疑わなかった。

様相が変わったのは、それからすぐだ。

しかし、それは夏樹が思い描いたようなものではなかった。空ではなく、権博士の声に微妙な変化が生じたのだ。

なんと表現したらいいのだろう——別に、声の高低や強弱が崩れたわけでもない。だが、確かに何かが起こっていた。

まわりの者は誰も、不審そうな顔すらしない。この変化に気づいていないのだ。

なのに、夏樹の目ははっきりと捉えていた。あれほど高まっていた権博士の気が収縮するのを。

力強く頼もしく感じられた権博士の背中が、小さくなる。まるで、遠ざかっていくように見える。

夏樹はあわてて目をしばたたき、もう一度、権博士をみつめた。

やはり、錯覚だった。権博士はぴんと背筋を伸ばし、よどみなく祝詞を唱えている。その姿は威風堂々として、なおかつ、侵しがたい気品があって……。

ふいに、権博士は口をつぐんだ。

雨乞いの祝詞が終了したわけではない。明らかに、途中で止《や》めてしまったのだ。息継ぎでもしたのだろうと誰もが——夏樹を含めた数人は除くが——思った。すぐにまた、あの力強い祝詞が再開されるだろうと。

しかし、権博士は沈黙したままだ。

気詰まりな静けさのあと、ゆっくりと周囲からざわめきが起こる。

高まるざわめきの中を、陰陽寮の官吏とおぼしき男が権博士のもとにすっとんでいった。男は顔色を変えて、権博士に矢継ぎ早に質問する。

それに対し、権博士はひと言だけ短く返す。しかし、相手は納得できない様子で、さらに重ねて質問する。

が、もはや権博士は何も答えない。あいかわらずの無表情だ。

しつこく食い下がる男に痺れをきらしたように、一条がひと言、ふた言添えて、師匠の言葉を補足した。

その途端、男はさらに血相を変えて、もとの場所に駆け戻った。そこで待っていたのは陰陽寮の長官、陰陽頭《おんみょうのかみ》だった。

男が耳打ちすると、陰陽頭は顔をしかめ、権博士をちらりと見やった。その視線に答えるように権博士は軽く頭を下げる。

それだけのことで、互いの意思は通じあったようだ。

陰陽頭はしぶしぶと帝の前に進み出て、賀茂の権博士棄権のことを奏上した。理由は伏せたままだ。

当然ながら、場のざわめきが大きくなる。特に、弘徽殿側の御簾の内が色めき立った。彼女らにとって、今回の雨乞いはただの雨乞いではない。お仕えする女御の将来にも関わりかねない重要な出来事だ。

権博士が死力を尽くして、それでも雨雲を呼べなかったのなら話は簡単だ。だが、どう見ても、さわりの部分で止めてしまったとしか思えない。

まさか、こんなことになろうとは――と、集まった官人《かんにん》たちも当惑するばかり。

そんな中、権博士の実力を肌で感じていただけに、夏樹の驚きは誰よりも大きかった。

(そんな馬鹿な、もう少しで術の効果が表れそうだったのに)

いますぐ一条に、できるのにやらなかった事情を聞いてみたかった。が、右近将監である夏樹は、持ち場を離れることができない。

(いったい、どうして……?)

賀茂の権博士とその弟子は、無表情を保つことで、なんと言われようとも関係ない、と主張しているように見える。

ふたりは祭壇の前を退いて、陰陽寮の同僚たちの列に加わった。代わって、自信たっぷりに進み出たのは照覚である。

照覚の祭壇も池のふちにこしらえてあったが、権博士の簡素な祭壇とはまったく趣きが違っていた。

四角い台の上には何組もの小さな金属器、法具《ほうぐ》の五鈷杵《ごこしょ》・五鈷鈴《ごこれい》、香炉。所狭しと並べられた、そのどれもが金箔《きんぱく》に覆われ、真昼の陽光を受けて黄金に輝いていた。

照覚はきらきら、ごてごてとした祭壇の前に座ると、数珠《じゅず》を握り、両手で印《いん》を結んだ。そして、おもむろに真言《しんごん》を唱え始める。

権博士と違って、真言を唱える照覚の声はささやきのように小さい。祝詞は神泉苑中に響き渡ったのに、真言は口の中でもそもそとつぶやかれ、誰の耳にもはっきりとは聞きとれないのだ。

そのせいか、観衆の側に不安げな空気が漂い始めた。『噂に名高い賀茂の権博士が棄権したのだ、得体の知れない坊主にはたして雨乞いができるのやら……』という不安だ。それとともに、『いやいや、もしかしたら……』という期待が募っていく気配もある。

夏樹は偏見を持たぬように努めて照覚を見ていた。その上で、権博士のときのような気の揺らぎや力の感触があれば、けして見逃すまいと神経を尖《とが》らせる。

自分自身の目で照覚の力を確かめ、権博士のそれと比較してみたかったのだ。

しかし、夏樹の目に照覚の気は映らない。いくら目を凝らしても、何も。どんなに感覚をとぎすませても、全然。

やはり、権博士と張り合えるはずもない微弱な力の持ち主か。あるいは雨乞いができるなど真っ赤な偽り、ただの詐欺師か。それとも夏樹と波長が合わないだけか。どちらにしろ、雨は降りそうにない。

夏樹がいくらか安心し始めたとき、その声は起こった。

「雲だ！」

たちまち、その声はあちこちに伝播《でんぱ》する。

雲だ。雲だ。

叫びながら、人々は空の一点を指差す。残り全員の視線も、その一点に集中する。

確かに、そこには雲があった。青空のはるか彼方《かなた》に、ひと塊の雲が出現していたのだ。

夏樹は愕然《がくぜん》とした。足もとが急になくなったような頼りなさも覚える。

（そんな、何にも感じられなかったのに！）

しかし、目の前で起こっていることは事実だ。

他の者は夏樹と違って、権博士の気の揺らぎなど見ていない。雨雲を呼べるかどうか、それだけが照覚と権博士の差の証《あか》しとなる。

いま、ひと塊の雲が神泉苑の上空に接近しつつある。雨雲と呼ぶには白すぎるが、何者かに引き寄せられるような動きは、照覚の影響に違いない。

これで、もう証明されたようなもの。賀茂の権博士よりも照覚のほうが呪力が上、弘徽殿は承香殿に負けたのだと。

夏樹の胸に失望が広がった。弘季のように、雨さえ降ればいいではないかとは、やはり思えなかった。

夏樹は自分の狭量さを恥じたが、それでも、照覚の呼んだ雲を睨《にら》みつけずにはいられなかった。あんな小さな雲に、雨など降らせられるものか、と。

雲は神泉苑の上空に到達した途端、動きを止めた。

地上からの注視を受けて、その表面はぶるぶると震えている。まるで、独自の生命《いのち》を持っているかのように。

ふいに、夏樹はわけのわからない恐怖を感じた。

恐怖は、知覚してしまうとさらに膨れあがる。説明できない感情のぶれに、夏樹は当惑する。

右近将監でなかったら――まわりに意地悪な同僚がいなかったら――自分はここから逃げ出しているはず。だが、それだけは絶対にできない。

夏樹は歯を食いしばり、負けるもんかとばかりに頭上の雲を睨みつける。

そのとき突然、それは起きた。雲を突き破って、中から黒い獣が現れたのだ。

雲は衝撃で細かくちぎれてしまい、跡形もなく霧散する。一滴の雨も地にもたらすことなく。

大きな狼《おおかみ》かと見えたその獣は、照覚の壇の上に舞い降りた。

否《いや》、狼などではない。狼に似ていたのは、わずかにその身体つきのみ。虚空《こくう》から出現した獣は、地上のどの動物とも違っていた。

黒く堅い毛で覆われたその顔の中央に、目はひとつだけ。ひどく大きな、縦長に裂けた目だった。

異形《いぎょう》の獣は壇上の豪華な金属器を蹴散らすと、照覚めがけて飛びかかった。照覚はとっさに後ろに倒れ、獣の攻撃を躱す。僧侶にしては、実にいい身のこなしだ。

しかし、獣もすぐさま反転して、再び照覚を襲おうとする。なぜだか、照覚にすさまじい憎悪を抱《いだ》き、彼を引き裂きたがっているように見えた。

それを阻んだのは、獣のすぐ足もとに刺さった一本の矢だった。近くにいた近衛の舎人が、獣をしとめようと矢を放ったのだ。

気丈な舎人は、次々と矢を射かける。が、そのどれひとつとして獣に当たりはしない。獣はひらりと矢を躱すと、向きを変えて、その舎人に突進した。

舎人は弓を捨て、刀を抜こうとした。彼の手が柄《つか》にかかるといっしょに、獣がカッと口を開く。

紅蓮《ぐれん》の業火《ごうか》が獣の口からほとばしった。炎は舎人の顔を焼き焦がす。

舎人は絶叫した。両手で顔を覆い、苦しげに転げまわる。

そのときになって、やっと他の者たちも動き出した。怪しい獣めがけ、矢を射る。夏樹も、素早く弓を取って戦いに加わる。

四方八方から矢が飛んでいく。さすがの獣もこれはかなわぬと思ったか、人間たちに背を向けて、宙に跳び上がった。

翼もない身でありながら、獣は飛んだ。かなりの速度で上昇し、地上との距離をどんどんひらいていく。

もはや、矢を射かける者もいない。近衛たちは、ただ呆然《ぼうぜん》と見送ることしかできない。

空の彼方に獣の姿が消えてからやっと、ひとびとは我に返った。

結果、おびえて意味もなく怒鳴り散らす高官あり、卒倒する女房あり。神泉苑は蜂の巣をつついたような大騒ぎになった。

混乱の中、夏樹も怪我人《けがにん》を担ぎ出したりと目まぐるしく働きながら、一度だけ賀茂の権博士を振り返った。

（権博士が途中で棄権してしまったのは、あの獣の存在を感じ取ったからかもしれない）

夏樹はそう思った。その確証が欲しかった。

権博士はあいかわらずの無表情で、神泉苑の緑を見ていた。その唇が、独り言のように微かに動く。

夏樹は彼の唇の動きを読んだ。権博士の薄い唇は、

「ばっき、か……あわれな」

と、つぶやいていた。

第二章　黒い噂

神泉苑の雨乞《あまご》いから、十日が過ぎようとしていた。雨はまだ、一滴も降らない。

その日、夏樹は邸《やしき》の中でごろごろしていた。非番なため、今日は一日、自邸でくつろいでいられる。

廂《ひさし》の間《ま》で衣装もはだけ、柱によりかかって居眠りをしていると、ふと、誰かが部屋に入ってくる気配を感じた。

(柱かな……?)

そう思って目を開けかけたところで、いきなり鼻をぎゅっとつままれてしまった。

「い、痛っ!」

悲鳴をあげると、相手はくすくすと笑った。

「情けないわね」

「深雪《みゆき》!?」

目を開けると、すぐ目の前にいとこの顔があった。

御所での裳《も》・唐衣《からぎぬ》を着用した堅苦しい姿ではなく、涼しげな小袿《こうちぎ》姿だ。

「どうひて……御所にひるはずだろ？　聞《ひ》いてないぞ、来《ふ》るなんて」

鼻をつままれたままなので、夏樹の声はふがふがといった調子になる。深雪はまたひとしきり笑ってから、ようやく手を離してくれた。

「女御《にょうご》さまのお使いで遠出をしたから、帰りにちょっと寄っただけよ」

「あ、そうかい」

夏樹はまだひりひりする鼻を撫《な》でながら、適当に返事をした。

「ねえ、どこに行ったか、訊《き》きたくないの？」

催促されて、夏樹は気持ちの入らない問いを返す。

「どこに行ったんだい」

深雪は露骨に不満そうだったが、それでもちゃんと答えてくれた。

「梨壺《なしつぼ》の更衣《こうい》さまのところよ」

「え……」

ひさしぶりにその名を聞いて、夏樹は勢いよく身を起こした。

「じゃ、お会いしたのか、更衣さまに？」

「ええ、もうすでに髪を下ろされて、山里で心静かに勤行《ごんぎょう》なさっていらっしゃったわ」

「そうか……よかった」

梨壺の更衣は今上帝《きんじょうてい》の第一皇子《おうじ》を生みまいらせた身。しかし、その皇子《みこ》も赤子のうちに亡くなってしまう。

弘徽殿《こきでん》の女御はそんな更衣に同情して、何かと交流を持つようになった。

本来ならば帝《みかど》の寵《ちょう》を争いあう立場、また、女御と更衣では身分も違う。弘徽殿の女御が、自分より下の梨壺の更衣を気にかけるのは、本当に珍しいことであった。

その後、更衣は後宮《こうきゅう》を去り、皇子の死の悲しみを理由に出家してしまったが、弘徽殿との交流は絶やしていないらしい。

「更衣さまのお住まいになっているところは静かでたたずまいも風流で、これなら出家も悪くないわねって思っちゃったわ」

深雪が出家したら、とんでもなく型破りな尼君になりそうだ。想像して、夏樹はつい苦笑してしまった。

「なに笑ってんのよ」

「あたたたた」

鼻をまたぐいっとつままれ、夏樹は情けない声を出した。その声に満足したのか、深雪はすぐに手を離してくれた。

こんな意地悪な深雪を、御所の連中は誰も知らない。すごく不公平だと夏樹は思うが、自分からバラしたりしたらどんな制裁が待っているやら、考えるのも恐ろしい。

「で、なにしに行ったんだ？」

「ああ、あちらが山里の珍味をいろいろと送ってくださるから、お返しに、出家のかたにふさわしいような奥ゆかしい衣装をお届けしたのよ」

「へえ……」

それでも、いまひとつピンと来ない。そんなに重要な用事でもないのに、女房の深雪が直接足を運ぶのが不自然に思えた。

その疑問が顔に出たのだろう。尋ねられる前に先回りして、深雪が答える。

「他にもいろいろとお尋ねしたいことがあったから、更衣さまと以前にお話ししたことのあるわたしが出向いたってわけよ」

「なんだよ、そのお尋ねしたいことって」

「大きな声じゃ言えないけどね……」

深雪は檜扇《ひおうぎ》を広げ、そっと顔を寄せてきた。夏樹もつられて顔を近づけようとする。

そのとき、突然、部屋に桂が踏みこんできた。

「まあまあ、深雪さま、おひさしぶりのお越しでございますね」

バッとふたりは飛び跳ねて離れた。

「か、桂……」

と、ふたつの声が重なる。しかし、桂は妙な勘ぐりはせず、

「嬉《うれ》しゅうございますわ。お元気でいらっしゃいましたか、深雪さま」

涙ぐみながら、深雪の手を取った。

なにしろ、深雪は桂にとってもうひとりの養い子だ。しかも、いっしょに住んでいる夏樹と違い、御所に女房勤めに出ているため、滅多に会えない。

「この暑さでお身体《からだ》をこわしたりはしていませんか？　食は進んでいらっしゃいます？　お好きな瓜《うり》が冷えていましてよ。お食べになるでしょう？　それとも夕餉《ゆうげ》にお出ししましょうか？　今夜はお泊まりになっていかれるのでしょう？」

「桂、桂、待ってよ、お願い」

矢継ぎ早にしゃべる桂をおしとどめ、深雪は華やいだ笑い声をたてた。

「今日は用事の帰りに立ち寄っただけなの。夜には御所に戻らなくてはいけないわ」

「まあ、あわただしいこと……」

「その代わり、こちらで夕餉をいただくわ。冷えた瓜もそのときにいっしょにいただきましょうよ」

「嬉しいお言葉ですわ。本当に、お小さい頃は男の子《おのこ》のようでいらした深雪さまも、すっかり貴婦人ぶりを身につけられて……」

桂はさめざめと嬉し泣きをする。深雪はぺろっと舌先を覗《のぞ》かせたが、もちろん桂に見《み》咎《とが》められるようなへまはしない。あれのどこが貴婦人なんだ、と苦々しく思うのは夏樹だけである。

　それからというもの、夕餉の前もあとも、桂はずっと深雪につきっきりだった。

「遠出のお帰りなら、さぞお疲れでしょう。脚をお揉《も》みしましょうか。喉は渇いてはいらっしゃいませんか」

　と、かいがいしく世話をする。深雪も桂の厚意にすっかりあぐらをかいて、上流貴族の姫君になった気分でいる。

　その間、夏樹はほっておかれたまま。いつもは桂が世話をやくのを少々うるさく思っていたのだが、こうなるとそれが懐かしいくらいだ。

　結局、再び深雪とふたりきりになれたのは、陽《ひ》も沈み、暗くなってから。せっかく来てくれたのだから手ぶらで帰らせては申し訳ないと、桂が家の中をかきまわし、みやげになる物をみつくろっている間のことだった。

「おみやげなんて気にしなくていいのに」

「そう思うんだったら、ありがたみがなくなるくらい、しょっちゅう遊びに来ればいいのさ」

「ありがたみがなくなったら、つまらないじゃないのよ」

　深雪はふうっと吐息を洩《も》らし、扇をぱたぱたと揺らした。

「それにしても、この家、夜だっていうのに暑いわねえ。御所のほうがずっと涼しいわよ」

「池の水が干上がってしまったから、冷たい風が吹きこんでこなくなったんだよ」

「これじゃ、雨が降らないとつらいわね」

「ああ」

「神泉苑の雨乞いで雨が降ってくれればよかったのよ。賀茂《かも》の権博士《ごんのはかせ》なら絶対やってくれるって期待してたのにね。でもまあ、途中でやめて賢明だったわよ。承香殿《しょうきょうでん》側の坊主なんて、無理するからあんな化け物を、ええっと、なんていったかしら、魃鬼《ばっき》？そんなとんでもないモノを呼んでしまったんじゃない」

神泉苑の雨乞い合戦のあと、陰陽寮《おんみょうりょう》は『あのとき出現したのは、魃鬼という日照り神である』と公表した。しかし、名前とそれに付随するいくつかが判明しただけで、どうやったら日照り神を退けられるか、肝心な点は不明なままだ。

雨乞いの判定そのものは、両者とも雨を降らせられなかったのだから、勝負なしということになった。

それを不満に思ったのは、弘徽殿と承香殿の女房たちだ。

弘徽殿側の女房の言い分は、深雪が語ったとおり。

なんでも、あのとき、賀茂の権博士は『これは普通の日照りではないので、すぐにどうこうすることはできない』と言ったのだそうだ。

「あの状況で、勝負を放棄したんだって誤解されるのも承知で、はっきり言い切ったんですものね。やっぱり、真の勝者は権博士のほうよ」

深雪は熱のこもった口調でしゃべる。

もちろん、承香殿側の女房たちにも言い分はある。『あの怪物をみなの前にひきずりだしたのは照覚どののお力。取り逃がしはしましたが、何もできなかった陰陽師《おんみょうじ》に比べたらお手柄ですわ』と言い張っているらしい。

「ねえねえ、夏樹も権博士の勝ちだと思うでしょ？」

しつこく同意を求める深雪に、

「ああ、うん」

夏樹は曖昧《あいまい》に答えておいた。この件に関しては、勝敗よりも、権博士や一条が恥をかかずに済んだだけで充分だと思っていたのだ。

「それより、さっきの大きな声で言えない話、聞かせてくれないか」

「ああ、そうよね。桂の戻ってくる前に……」

深雪は檜扇を片頰に当て、身を乗り出す。その表情は信じられないほど真面目《まじめ》だ。

「驚かないでよ、夏樹」

うなずき返したが、自信はない。聞く前からなぜだか落ち着かないのだ。

深雪は声を落とし、ゆっくりと言った。

「噂《うわさ》が流れているの。梨壺の更衣さまのお生みになった皇子が、病で亡くなったというのは真実ではない——皇子は呪詛《じゅそ》され、呪い殺されてしまったのだと……」

「そんな話、どこで聞いたんだ！」

驚きのあまり、夏樹は大声で怒鳴った。たちまち、深雪の檜扇がバシッと顔に叩《たた》きつけられる。

「大きな声出さないでよ」

小さいが厳しい声で叱り、深雪は唇の前に人差し指を立てた。

「わたしだって、びっくりしたわよ、この話を聞いたときは。だから、外出にかこつけて、ここまでやってきたんじゃないの」

「しかし、しかし……」

声の調子がどんどん高くなっていく。深雪に睨《にら》みつけられ、夏樹は握り拳《こぶし》で口を押さえた。そうでもしないと、声をとめることができなかった。

梨壺の皇子の呪詛事件は、もう終わったはずなのに。

数か月前のこと、夏樹は知り合ったばかりの一条とともに、その件に関わった。だが、呪詛は母である梨壺の更衣の妄想にすぎなかった、ということで片づけられた。

真実は、ひと握りの人間しか知らない。この世では、夏樹と一条、深雪と梨壺の更衣本人だけだ。他の者は、呪詛うんぬんということ自体、知りもしない。

なのに、呪詛が話題として持ちあがるのは、何か新たな証拠でも出てきたのか。しかし、そういった話はついぞ聞かない。

では、根拠のまるでない、ただの噂話なのか。それとも——

夏樹が何も言えないでいるうちに、深雪はさらに続けた。

「わかるわよ、夏樹の言いたいことは。ほんとに信じられないわよ、こんな話。でも、噂が流れてるのは事実なの。それもこともあろうに、呪詛には弘徽殿の女御さまが関わっているって言われてるのよ」

まったく無関係な人間の名が飛び出したことに衝撃を受け、夏樹は噂の怖さに改めて震えあがった。

「嘘《うそ》だろ、そんな……」

「そうよ、根も葉もない出鱈目《でたらめ》よ。いくら噂だからって、うちの女御さまがそんなことをなさるわけないじゃないの。確かに、いまはまだ世継ぎの御子《おこ》を生んでいらっしゃらないけれど、女御さまはまだお若いんだもん、この先何度だって世継ぎをもうけられる機会があるはずよ。現に、いまだって……」

深雪はしまったという顔をして、両手で口を押さえた。が、夏樹の耳はしっかりと聞いていた。

「まさか、女御さまがご懐妊を？」

「ううん、確証はまだないのよ。最近、食が進んでいらっしゃらなくて、もしかしたらっていう程度よ。ただの暑気あたりかもしれないわ。だから、むやみによそに洩らしたら駄目よ」

「ああ、わかってるよ」

しかし、後宮には競合相手の動向に目を光らせる者も多いはず。弘徽殿の女御の懐妊の話は承香殿や藤壺にも伝わっていると考えたほうがよいだろう。

案外、弘徽殿の女御が梨壺を呪詛したという噂は、そういった他の妃《きさき》たちが流させたのかもしれない。可能性は多すぎるくらいにある。

「だから、わたしがお礼かたがた、梨壺の更衣さまの真意をうかがいに行ったのよ。もしかしたら、そのとんでもない噂が更衣さまの耳に入ってるかもしれないでしょう」

「で、更衣さまはなんと?」

「噂はご存じなかったようよ。わたし、思い切って、こんな不埒《ふらち》な噂が流れてるって憤慨しながらお話ししたら、そんなことは絶対に信じないってはっきりおっしゃったわ」

それを聞いて、夏樹は大きな安堵《あんど》のため息をついた。

帝の第一皇子を生んでいながら幸薄かったあの女人《にょにん》を、これ以上苦しめたくはなかった。つらい過去といっしょに俗世を捨てて出家したのだ、静かな境地を得てもらいたいというのが、夏樹の願いだった。

深雪もその点は同意見のはず。女主人の弘徽殿の女御を第一に考える彼女ではあるが、梨壺の更衣にはとても同情的だった。

「とりあえず、更衣さまのほうは大丈夫みたい。すっかり落ち着いていらしたから。問題はね、噂がとんでもない方向に流れていくことなのよ」

深雪は苦々しげに眉をひそめた。

いとこの憂い顔などめったに見られるものではない。つまりは、それだけ事態は深刻なのだ。

「いったい、どんなことになってるんだ？」

夏樹は御所に勤めていながら噂には疎《うと》く、呪詛が話題になっているなど、まるで知らなかった。

もっとも、深雪こそが数多い女房の中でも屈指の情報通なのだ。噂の関係者の梨壺の更衣が知らなかったのだから、それほど多くに知れ渡った話ではあるまい。

念のため、その点を尋ねると、深雪はすぐに肯定した。

「ええ、まだそんなに広まっているわけじゃないわ。けれど、帝の耳に入れようなんてお節介がいつ現れてもおかしくはないのよ。後宮なんて、まわりは敵だらけだもの」

「まあな。帝に寵愛されておられる弘徽殿の女御さまが失脚して喜ぶ者は多いだろうな」

まずは、他の女御、更衣などの数多《あまた》の妃たち。彼女たちに仕える女房、父親や兄弟など血縁者たちもそうだ。

華やかな後宮も、裏では醜い争いが行われている。すべては帝の寵愛を得るため――ひいては男皇子を生み、その子を未来の帝に据えるため。

なにしろ、子が帝となれば、母親の地位は安泰。彼女の実家は外戚《がいせき》として朝廷の権力を握れるようになるのだ。

もっと腹の立つことを思い出したのか、ふいに深雪は檜扇をギュッと握りしめた。その手の中で、きれいな扇がへし折れそうなくらい、しなる。

「しかも、あろうことか、今回の日照りにも弘徽殿は関わっているんじゃないか、なんて……」

「そんなことを言うやつがいるのか⁉」

深雪は握り拳を震《たわ》わせ、うなずいた。

「それもほんとに他愛《たわい》ないことをとりあげて言うのよ。この暑さ続きで御所ではどこも草木が萎《しお》れ、枯れていくのに、弘徽殿のまわりだけ草木がうるおい、風もないのにひんやりと涼しい、これは奇妙なこと――とかなんとか難癖をつけているのよ」

「誰だよ、そんな馬鹿を言うのは」

「それがわかれば話は簡単よ。相手がわかってたら、こっそり夜討ちをかけて、生まれてきたことを後悔したくなるくらい締めあげてやるのに」

深雪なら、本当にやりかねない。夏樹もむしろ、いつになく奨励したい気分だ。

「だいたい、この噂って、一見、筋が通っているように見えるからいやらしいのよね」

「こんなむちゃくちゃな噂のどこに筋が通ってるんだよ」

深雪はわかっていないのねと言いたげに、人差し指を振った。

「雨乞いを帝にもちかけて、それを成功させ、評判をあげる。仕かけることができたなら、やめることもできるはずよね。かくして、頭の痛い問題が片づき、感激した帝はますます女御さまを寵愛されるという――」

「そんなにうまくいくもんか」

「でしょ、でしょ」

「ましてや、女御さまはご懐妊されたかもしれないんだろ。だったら、そこまでする必要ないじゃないか」

「そうなのよ、そうなのよ」

興奮してきた深雪は、檜扇で自分の膝をバシバシと叩き出した。

「そりゃあね、第一皇子の梨壺の皇子が亡くなられたいま、早く次の皇子を生みたい、もしくは生んでもらいたいっていう気持ちはわかるわ。妃の誰しもが、われこそはと思ってらっしゃるはずよ。でも、だからって、いちばん愛されている弘徽殿の女御さまを追い落とそうなんて、とんでもない了見だわ」

「そうだ、そうだ」

「まったく、噂のもとが目の前にいたら引き裂いてやりたいわ。だいたい、前から思っていたんだけど、承香殿の女御はいばりんぼだし、おっとりしているように見える藤壺も腹の中じゃ何を考えてるのだか、まるでわからないし。その点、うちの女御さまは性格もよし、器量もよし……」

あるじ自慢に話がそれそうになったちょうどそのとき、桂が大荷物を抱えて部屋に入ってきた。

「まあまあ、大きな声を出して楽しそうですわね」

深雪も夏樹もあわてて口をつぐむ。

が、どうやら桂は内容までは聞いていなかったらしい。にこにこ微笑《ほほえ》んだまま、持ちこんだ荷物をひとつひとつ広げていく。

「わたくしが縫った夏の装束に、新しい櫛《くし》と扇と手箱と……」

その手箱は夏樹の物だったが、彼は賢明にも口をはさまなかった。どうせ、自分で使うにはちょっと装飾が立派すぎるかなと思っていたのだ。

桂は他にもたくさんの手みやげを並べる。そうこうしているうちに宵闇はさらに深まっていく。

さすがにそろそろ帰らなくてはと言う深雪を、桂はさんざんひきとめた。が、深雪は頑として首を縦に振らない。

怪しい噂がたっている時期だけに、御所を空けるのは心配なのだろう。

やっと桂が諦めてくれて、深雪も出立《しゅったつ》できることになった。牛車《ぎっしゃ》に乗りこむ途中で、深雪はひそひそ声で夏樹に念を押す。

「今日の話、桂には内緒よ。あれこれ心配かけちゃうから」

「わかってるよ」

「また来るからって桂にも言っておいてね」

「ああ」

「本当よ。これから、御所じゃできない話も出てくるだろうし……それに、お隣のきれいな陰陽生《おんみょうしょう》さんにもいろいろ相談したいのよ」

「一条に？」

「そう。ちゃんと紹介してね。そしたら、陰陽の術で噂のもとをパッと探り出してもらうのよ」

「そんなにうまくいくかな……。それに、最近、邸にいないみたいなんだ。忙しいんじゃないかな」

「ふうん、残念」

考えてみれば、深雪と一条が顔を合わせたのは一度きり、しかも話のできる状況ではなかった。

もしかして、美貌の陰陽生とお近づきになりたいという野次馬根性もあるのではないかと、夏樹は密《ひそ》かに疑った。

しかし、尋ねるわけにもいくまい。尋ねて「そのとおり」と胸を張られたら、きっと哀《かな》しい気分になるだろうから、やめておく。

きれいすぎる友人も困りものだなと、夏樹は微《かす》かな苦笑いを浮かべた。


深雪がいってしまうと、邸の中が急にがらんとなったような気がした。

だが、かえってこれくらい静かなほうが、あれこれ思案できるというもの。夏樹は自室にこもり、脇息《きょうそく》にもたれかかって楽な姿勢をとった。

手の中で紙扇《かみおうぎ》を少し開いたり、すぐに閉じたりして、もてあそぶ。部屋に響くのは、扇のたてるパチッ、パチッ、という音だけ。

その静けさの中、彼は深雪から聞いた話をゆっくりと反芻《はんすう》していた。

脳裏をよぎる、さまざまな噂。どれもこれも悪意に満ちた――

特に、梨壺の皇子の呪詛の噂は、彼を激しく動揺させた。自分自身の中で、無理やり完結させていたことを蒸し返されたからだ。

我が子は呪詛されたと思い詰めた梨壺の更衣に、そうではないと説得したのは夏樹だ。その言葉を受け容《い》れ、更衣はようやく心の平安を手に入れた。それをいまさら、本当は呪詛は行われていました、などと言えるはずがない。

ましてや、誰が呪ったか、いまだにわからぬままなのに。

深雪も更衣同様、呪詛は実はなかったのだと思っている。しかし、彼女の仕える弘徽殿の女御が呪詛した可能性も、まるでなくはないのだ。

夏樹は考え疲れ、頭をかかえてしまった。どれほど考えたところで答えがみつかるはずもない。

（一条がいたら、それこそ相談にのってもらえるのに……）

開け放ったままの窓から隣家を覗くが、どこにも明かりはついていない。どうも、神泉苑の雨乞いの日からずっと留守のようだ。

なんでも、あの日から、陰陽寮では陰陽師たちが全員で泊まりこみ、例のひとつ目の怪物のことを血眼《ちまなこ》で調べているらしい。

その結果、陰陽寮は、あの怪物は魃鬼という妖怪であると発表した。体内に膨大な熱を持ち、魃鬼の周囲はつねに日照りに見舞われるのだとか。

名前と日照りの原因はわかったが、それだけではどうにもならない。いま、陰陽寮はその対処の方法を、総力をあげ、探し求めている。

きっと、一条もその作業に加わっているはずだ。ある程度のかたがつくまで、邸には戻ってはこられまい。

(明日、陰陽寮に行ってみるか。できれば外に連れ出して、一条に今日の話を聞かせたいが……)

世情に疎《うと》い夏樹にも、御所内でできる話ではないと重々理解していた。しかし、自宅にも戻れぬほど忙しいなら、それしかない。

(とにかく、会うのが先決だ)

あとでゆっくり話をする約束だけでもとりつけておけば、いくらか気持ちも落ち着くだろう。

夏樹は再び窓のむこうに目をやった。それが癖になってしまったかのように。

あいかわらず、外は墨を落としたような闇ばかりだ。が——その真っ暗な視界を、突然、赤い光が横切っていった。

ギョッとした夏樹は、脇息が壊れそうなほどの勢いで立ち上がった。

窓に駆け寄り、身を乗り出して、外の様子をうかがう。赤い光はもうどこにもないが、あれは隣の家の中を横切っていったように見えた。

(帰ってきたのか?)

しかし、隣は静まりかえっている。いつまで待っても、真っ暗なままだ。

（でも、もしかしたら、疲れて帰ってきて、そのまま寝てしまったのかもしれない）

だとしたら、押しかけては迷惑なだけだ。それでも、一条に会いたい、話したいという欲求は抑えがたい。

さんざん頭を悩ませたすえ、夏樹は適当な言い訳をひねり出した。

（せめて、次に会う約束だけでもとりつけておこう。そしたら、明日、陰陽寮に行く手間が省ける）

そうと決まれば、すぐさま庭に飛び下りる。桂にみつかると面倒なので、走りたいのをがまんし、忍び足で。

なぜだか、桂は隣人についてよく思っていなかった。夏樹が遊びに行こうとしているのを発見すると、露骨に嫌な顔をするのだ。

「陰陽師など、ただの騙《かた》りです。本物などいたところで、たったひと握り。大概は当たりもしない占いや効きもしない祈禱《きとう》をやって、ひとさまの財産をまきあげているに過ぎません。どうして、そのような輩《やから》とつきあおうとなさるのですか」

と、夏樹に向かって言い切ったりもする。

もしかしたら、娘時分に若い陰陽師といい仲になりかけ、手ひどく振られた苦い経験でもあるのかもしれないが、さすがにそれは訊くに訊けない。

とにかく、桂にみつからぬようにと用心しつつ、夏樹はいつもの通り道、築地塀《ついじべい》の破れめから隣の庭に侵入していった。

草深い庭を抜け、邸の簀子縁《すのこえん》にたどりついてから小声で一条の名を呼ぶ。返答がないので、今度はもう少し声を大きくしてくり返す。それでも、返事はない。

少し待って、もう一度呼びかけたが、結果は同じだった。どうやら、本当に誰もいないようだ。では、あの光はなんだったのか。

諦めて帰るべきかどうか、迷っていると、邸の中でカタンと物音がした。

「一条?」

よく訪ねる気安さも手伝って、夏樹は簀子縁に上がりこんだ。妻戸《つまど》を引いて入るが、中は真っ暗だ。

目が慣れるのを待って、立ちつくしていると、いきなり誰かが足に抱きついてきた。

「うわっ!!」

度肝を抜かれた夏樹は情けない悲鳴をあげ、手足をばたつかせた。

しかし、相手は手をゆるめない。とんでもない力ですがりついてくる。

恐怖に駆られた夏樹は、相手の頭を握り拳で続けざまに殴った。それでも、からみつく太い腕は離れない。

が、相手はまったく反撃してこず、ただすがりついてくるだけだった。何発も殴っているうちに、やっと夏樹もそれに気づいた。

試しに握り拳をふるうのをやめ、相手の顔に手を置いてみた。

顔が長い。異様に長い。

夏樹はそろそろと手を移動させた。長い顔の下のほうには、ずいぶんと大きく、びっしゃげた鼻があった。

形も妙だが、位置も妙だと首を傾《かし》げつつ、今度は顔の上のほうに手をやる。

頭のてっぺんには、ぴんと立った小さな耳があった。耳と耳の間は狭く、そこには柔らかくて長い毛が生えている。

それから、耳のすぐそばに、小ぶりな角がふたつ……。

そこに手がいくのを待っていたように、相手が叫んだ。

「夏樹さん！　わたしです!!」

「あ、あおえ!?」

夏樹は相手を妻戸の外に引きずりだし、月明かりの下で改めてその姿を見た。

腰布と装身具だけをつけた、強靭《きょうじん》な身体は確かに人間の形をしている。なのに、頭部は馬そのもの。

地獄の獄卒《ごくそつ》、馬頭鬼《めずき》に間違いない。

しかし、馬頭鬼はその恐ろしそうな外見に似合わぬ、みじめったらしい表情を浮かべていた。あまつさえ、両の目には涙がいっぱいにあふれている。

「あああ、お会いできてよかったあああ」

ぐずぐずと泣きながら、あおえはなおも夏樹にすがりつく。

この、鬼にあるまじき気弱さには、前にも一度だけお目にかかったことがある。梨壺の皇子の呪詛の件で知り合った、馬頭鬼のあおえだ。

相手が誰だかわかってホッとするのが半分。あとの半分は、どうしてあおえがここにいるのかわからず、混乱しきっていた。

「なんで、おまえが冥府《めいふ》じゃなくて、一条の家にいるんだよ」

「話せば長くなるんですう。それより、わたしをここから連れ出してくださいよお」

「なんで、そんなことしなきゃならないんだよ」

あおえはしゃくりあげつつ、両腕を夏樹の背にまわして、ぎゅっと締めつけた。

「うわあああっ」

力いっぱいの抱擁に、夏樹は全身の骨が砕けそうになる。

「わかった。わかったから、手を離せ」

夏樹の悲鳴が聞こえないのか、あおえはグイグイと腕に力を入れる。

「と、隣の家がぼくの家なんだ、そこへ連れてってやるから、腕をゆるめてくれ！」

急に、締めつける力がなくなった。

夏樹はふうっと大きく息を吐いた。息といっしょに身体から力も抜けていき、両膝ががくりと崩れる。ふらつき、後ろに倒れそうになった彼を、支えてくれたのは、あおえのたくましい腕だった。

「あ、ありが……」

礼を言おうとして顔を上げると、あおえのべそべそと泣きじゃくっている顔が間近にあった。

「早く、この家から離れましょうよお」

涙でよごれた馬づらを見ていると、情けないやら、おかしいやら。本当にそれでも鬼かと言いたくなる。

とにかく、なぜかは知らないが、あおえがずいぶんとこの家を怖がっているのだけは理解した。要求を呑《の》まねば、本当に骨が折れるまで抱きしめられかねない。

「わかった、わかった。ただしな、静かにしていろよ。うちの者にみつかったら、きっと大騒ぎになるからな」

あおえは何度も首を縦に振る。これなら大丈夫かもしれないなと思い、夏樹はあおえの腕をつかんで、我が家へと向かった。

あおえは引っぱられるままに、おとなしくついてくる。

夏樹は家人に見咎められぬよう、細心の注意をはらって自室に戻った。部屋に入ってからも、桂あたりがふいに入ってきた場合を考え、目隠しのための屏風《びょうぶ》や几帳《きちょう》をあおえのまわりに並べる。

「念のため、この袿《うちぎ》を頭から被《かぶ》っておいてくれないか」

「はいはい」

あおえは袿を受け取ると、夏樹の指示どおり、頭から被って馬づらを隠した。とはいえ、この立派すぎる体格は隠そうとしても隠せない。

不安はあったが、これが精いっぱいだ。夏樹は部屋の外の気配に気を配りつつ、あおえの話を聞くことにした。

「で……まず、どうして一条の家にいたのか、聞かせてもらえるか？」

あおえは何度も浅くうなずいた。

「夏樹さんに隠しだてはしません。はなっから、あなたにもお会いしようと思っていたんですから」

涙はもう乾きかけている。語尾をのばす妙なしゃべりかたも、いつのまにか普通の調子に戻っていた。

「実は、冥府でまた問題がもちあがりまして」

「ひょっとして、冥府に行くはずの死者の魂がまた逃げ出したとか？」

「そう、そんなとこです。今度のは、けっこう昔に亡くなった魂だったんですけどね」

あてずっぽうが当たってしまったことに、夏樹は呆《あき》れた。

「しかし、こうしょっちゅう、魂が逃げて、冥府は大丈夫なのかね」

そもそも、あおえと知り合ったのも、似たような事件のおかげだったのだ。

夏樹の皮肉に対し、あおえは真剣に言い訳する。

「いえいえ、今回のは特別なんです。ちょっと、いりくんでるんですよ。実はねえ、この世の誰かに呼ばれて、冥府を出ていったみたいなんです」

「そんなに気楽に出たり入ったりができるのかい？」

「まさか、とんでもない。なんと申しましょうか……この世の誰かが怪しげな術を使ったらしくて、その術がある霊魂を冥府から呼び寄せ、強引に引っぱり出したということなんです。そこのところを割り出すのに、時間もずいぶんかかったらしいです」

「で、その霊魂を連れ戻してこいと閻羅王《えんらおう》に命令されたわけなんだ」

「そのとおりで……」

あおえはしょんぼりと両耳を垂らした。

「その霊魂、過去の恨みつらみに凝り固まったやつで、ほっておくと面倒なことになりそうなんですよね。でもねえ、わたしは今回のことには全然関わりなかったんですよ。なのに、生きた人間と協力して事件を解決したことがあるからっていう理由で、白羽の矢をたてられちゃったんです。閻羅王さまの命令には逆らえないし、こういうとき、宮仕えはつらいですよねえ」

本当につらそうに、あおえはふうっとため息をつく。

「それで、一条の助力を求めに来たんだ」

「ええ、できれば夏樹さんにもつきあってもらって、とりあえず、その霊魂の墓を調べにいこうと思ったんですよ。平安京の西らしいんですけどね、その怪しい術は墓前で行われた可能性が強いんです。もしかして、手がかりが残っているかもしれません」

「西の葬送地なら、化野《あだしの》か……」

葬送といっても、死体はそのまま遺棄するのがこの時代は普通だった。野には、骸骨やら腐りかけの死体やらがごろごろしているはずである。あえて訪ねたいような場所ではない。

「で、閻羅王さまに一条さんのお邸前に道を開いてもらったんです。ところが、来てみたら誰もいなくてお留守のようで」

「一条はいま、御所だよ。ここのところ忙しいらしくて、ずっと帰ってないんだ」

「そうだったんですか……。全然、知らなかったもんですから、仕方なく中で待っていたんですよ。そしたら、次々と妙なことが起こるんです」

「妙なことって？」

思い出したら恐ろしくなったのか、あおえはぶるっと身震いした。

「驚きましたよ、本当に。風もないのに御簾《みす》がパタパタ揺れるんです。かと思うと、妻戸がカタンって音たてて開いて、青紫の衣装の裾がすっとむこうを横切るのが見えたんです。誰もいないのにですよ。おまけに、赤黒い大きな火の玉がふらふらと庭を漂って……。夏樹さん？　本当なんですよ。笑わないでくださいよ」

「悪かった、悪かった」

　そう言いながらも、夏樹の肩は小刻みに震えている。でかい図体をしていながら、あおえが本気で怖がっているのが、おかしくてたまらないのだ。

「あの家、物の怪《もののけ》が居ついているんじゃありません？」

「まあ、もともとあの家は一条が引っ越してくるずっと前から、物の怪邸って噂されてたけど……」

「ほうら、やっぱり」

「きっと、仲間だと思って歓迎されたんじゃないかい？」

「そんなぁ」

　夏樹はこらえきれずに、くすくすと笑った。

「しかし、冥府の鬼のくせに物の怪が怖いのか？」

「わたしは人間の霊魂専門なんですよ。それ以外の、わけのわからないものはどうも苦手で……」

あおえは照れ隠しに耳の後ろをボリボリと掻《か》いた。

つい話に乗ってしまったが、物の怪というより、一条の使役《しえき》する鬼神——式神《しきがみ》のしわざだろう。主人のいない間に勝手にあがりこんだ馬頭鬼に腹を立て、驚かしてやろうとしたのかもしれない。

そのとき、部屋の戸口から桂が急に顔を出した。

「夏樹さま、どなたとお話しになっているんです？」

すっかり油断していた夏樹は、驚きのあまり絶句してしまった。あおえもでかい身体を小さくしようと、一所懸命に縮こまっている。

（落ち着け！　落ち着け！）

魚のように口をぱくぱくさせながら、夏樹は必死になって頭を働かせた。

どうあっても、「以前にお世話になった、馬頭鬼のあおえだ」と紹介するわけにはいかない。年老いた桂なら、びっくり仰天して心《しん》の臓が止まり、そのまま冥府行きにもなりかねないのだ。

（几帳の陰にいるから、あおえの姿はまだ見えていないはずだ。部屋も暗いし、第一、桂は目が悪い。なんとか、ごまかせるはずだ！）

出たとこ勝負だと腹を決め、強いていつもの口調で答える。

「みつかったなら仕方ないな。実は……知り合いの女人が困っていらっしゃるので、お助けしてさしあげたところだよ」

「と、申しますと？」

「外で声がするので出てみたら、築地塀のすぐそばに女人が倒れていたんだ」

「まあ」

「抱き起こしてみれば、御所で見かけたことのある女房どのだ。宿下がりの途中、この近くを通ったときに夜盗《やとう》に襲われ、命からがら逃れてきたのだとか」

いいかげんな設定だなと思いつつ、夏樹は口から出まかせを並べ続ける。

「なんということでしょう……！」

嘘の話に桂は恐怖し、大仰《おおぎょう》に身を震わせた。

「それで、お怪我《けが》はございませんでしたか？」

「怪我はないようだが、なにしろ、目の前で従者を斬り殺され、恐怖のあまり口もきけぬ有様で」

「本当においたわしいこと……」

この突飛すぎる話を桂は簡単に信じてくれた。案外、夜盗に襲われた姫君を若い貴公子が救うという物語的展開が好きなのかもしれない。

「それで、桂、女房どのは逃げる際に泥だらけになってしまわれたんだ。よかったら、何か着る物を貸してやってくれないか」

「わかりましたわ。少々、お待ちくださいませ」

「それから、市女笠《いちめがさ》も持ってきてくれないかな」

「市女笠……でございますか？」

市女笠は、外出のときに貴族の女性が被る大きめの笠で、枲《むし》の垂衣《たれぎぬ》という薄い布がまわりにめぐらしてある。あおえの馬づらを隠すにはもってこいの品だった。

「それでは女房どのを連れ出されるのですか？　恐ろしい目にお遭いになったばかりというのに……」

「だからこそ、早くご実家にお帰りになりたいそうなんだ」

このまま、あおえを邸に置いておいたら、桂がいつ覗きに来るか、わかったものではない。ボロが出ないうちに、どこかへ移しておいたほうがいい。

本当は、一条の邸のほうが人もいなくて都合がいいのだが、あおえが怖がるからそれもできない。

（とにかく、外に出てから考えよう。ここから連れ出すのが先だ）

夏樹の苦労も知らず、桂はなかなか部屋を去らない。

「どうしてもお帰りになるのでしたら、牛車を用意させましょう」

と、勧める。

もっともなことだが、牛車を出すとなると、どうしても従者を連れていかないといけない。彼らに、あおえの正体がばれては面倒だ。

「馬でいいよ。恥になることだから、牛飼であろうとも、女房どのは誰にも見られたくないと、そうおっしゃるんだ」

苦しい言い訳に、桂は怪訝《けげん》そうな顔をする。が、ここでひるんでは余計に怪しまれる。

「だからね、今夜のことは誰にも話さないように。いらぬ噂がたったら、女房どのの将来に傷がつきかねないんだよ」

「でも、夜盗が出たんですよ。抛《ほう》っておくわけにも……」

「桂、女房どののたっての願いなんだ。ぼくからも頼むよ」

夏樹に懇願され、桂はしぶしぶながら他言はしないと約束し、やっと衣装を取りにいった。

ふたりきりになった途端、あおえは几帳のほころびから馬づらを突き出す。

「外に出るんですか？」

「ああ。ここにいたら、世話好きの乳母《めのと》にみつかりそうだからな」

「でしたら、都の西に行きません？　ついでに、問題の墓を見てきましょうよ」

「一条がいないのに？」

「見るだけですから」

夏樹はちょっと考えこんだ。

夜中に化野まで足を運ぶのは気が進まない。が、あおえを連れていては行くあてもない。

「見るだけ？」

「はいはい、もちろん」

「毒を食らわば皿まで、か。いいよ……食ってやろうじゃないか」

話がまとまったところで、桂が戻ってくる。あおえはさっと几帳の後ろにひっこんだ。

「わたくしの衣装ですから、地味かとも思いましたけど」

「いいよ、それで充分だ。女房どのは恥ずかしがり屋だから、桂は席を外しておいて」

何かが妙だと思っているようだったが、桂は黙って部屋を出ていった。その隙に、ばたばたとあおえに着替えをさせる。

袿は大きく仕立ててあるので、あおえでも楽々身に着けることができた。最後の仕上げに市女笠を被せると、外出着姿の女人のできあがりである。

夏樹は、あおえの頭のてっぺんから爪先《つまさき》までをじっくりながめ、自分の額をぴしゃりと叩いた。

「み、身の丈七尺近いような大女ができあがってしまった……」

馬づらは隠せたが、このでかさはやっぱり不自然だ。なのに、あおえはとても嬉しそうだった。

「なんか、自分が自分じゃないみたいですぅ」

そもその目的を忘れて、すっかりはしゃいでいる。

夏樹は知らないうちに拳を握りしめていた。本気で殴ってやりたかったが、へたに暴れて市女笠を駄目にしてしまっては元も子もないので、やめておく。

「それじゃ、ともかく出発しようか」

「はいはい。なんだか、わくわくしますねえ」

夏樹は殴る代わりに、あおえの足を思いきり踏んづけてやった。


あおえが馬に乗るのを手伝っているところに、案の定、桂がやってきた。どうやら、好奇心を抑えることができなかったようだ。

桂は見えづらい目であおえをしげしげと眺め、

「ずいぶんと……」

と言いかけ、途中で言葉を呑みこんだ。

言い訳がましいかとも思ったが、いちおう、桂にそっと耳打ちしておく。

「ずいぶんと気にしていらっしゃるので、大きいとかそういうことは言わないでくれよ」

「ああ、そうですわね。申し訳ありません、気がつかなくて」

「それと、こちらの女房どのとは、単なる顔見知りだからね」

「あら、そうだったんですか。わたくしは、てっきり……」

桂は疑わしげに、あおえをちらりと盗み見る。薄い布越しに、長すぎる顔の輪郭がうっすらとわかるが、目の悪い桂にはそこまで視認できないようだ。

夏樹はそれ以上何も言わず、さっさと邸を出ることにした。

馬にあおえを乗せ、彼自身は徒歩《かち》で馬を引いていく。しばらくするとあおえが小声でささやいた。

「あの、わたしが歩きますよ。夏樹さんは馬に乗ってください」

「いや、仮にもいまは女人の格好をしてるんだから、それを歩かせて自分が馬に乗るのはちょっとね」

「誰も見てませんよ」

「甘いよ。夜の街中はけっこう車が走っているんだから」

「はあ。そんなもんですか」

言っているそばから、お忍びとおぼしき女車《おんなぐるま》とすれ違った。

「ほら、さっそく来た。あの車なんか、いかにも女性が乗っているように見せかけて、実は男が乗ってるんだよ」

「どうして、わざわざ、そんなことするんです？」

「秘密の恋人のもとに通う途中なんだろうな。だからだよ」

「みんな、元気なんですねえ」

よほど感心したのか、あおえはよその牛車がやってくると、「また来た」とつぶやいてはしきりにうなずく。

そんな調子で、ふたりはのんびりと西に向かって進んだ。

途中、面倒が起こりかけたのは一度きり。突然、あおえが「やっぱり、わたし、歩きますわ」と言い出したのがきっかけだった。

「いいから、おとなしく乗っていろよ」

と夏樹が勧めても、

「でも、馬がつらそうなんですよ」

確かに、あおえを乗せた馬はゼイゼイと荒い息遣いをしている。

「……おまえ、ずいぶん重いんだな」

「とりあえず、降りますね」

顔が似ているので親近感をいだいているのか、馬には優しい。

あおえが馬からひらりと舞い降りると、はずみで市女笠が落ちてしまった。馬づらが露《あら》わになり、夏樹はあわてる。なのに、当人はお気楽に「あらら」などと言っている。

「馬鹿、早く……」

すぐに市女笠を拾いあげ、あおえに被せようとした。が、それより早く、男の悲鳴が闇に轟《とどろ》く。

ハッとして声のほうを振り返ると、道に面した家の窓の蔀戸《しとみど》があいていた。どうやら、家の中から外を覗いていた男が、たまたま、あおえの馬づらを目撃してしまったらしい。

夏樹はその場で凍りついた。その間にあおえは進み出て、長い顔を件《くだん》の家の窓に突っこむ。

家の中から新しい悲鳴は起こらない。恐怖のあまり、声も出せないのか。それとも、気を失ってしまったのか。

あおえは思い切り低くした声を夜陰に響かせた。

「見ぃぃたぁぁなぁぁ」

家の中から、女の小さな悲鳴もあがる。どうやら、お楽しみの最中だったようだ。夏樹こそ、悲鳴をあげたい気分だった。

連れの気持ちなどこれっぽっちも考えず、あおえは家の中のふたりをさんざん脅している。

「ほれほれ、もっと見ろ見ろ見るんだぁぁぁ」

「馬鹿、早く逃げるんだよ！」

腕をとって引っぱるが、あおえはまったく動こうとしない。

「急がなくても大丈夫ですよ。中のひと、もう気絶しちゃいましたから」

そう言われ、おそるおそる中を覗くと、男と女が仲よく抱き合ったままひっくり返っている。

「へたに騒がれたり、あとをつけられたりするより、このほうがずっといいでしょう?」

自慢げに胸を張るあおえの馬づらを、夏樹は思わず殴りつけた。

「どうして怒るんですかぁ」

「当たり前だろうが!」

嘘泣きするあおえに無理やり市女笠を被らせると、夏樹は全力でその場から走り出した。馬とあおえがあわててあとを追いかけてくる。

「待ってくださいよぉぉぉ」

——また置き去りにされてはたまらないと懲りたのか、その後はあおえも自重して、市女笠を取らないよう気を配ってくれた。おかげで、これ以上の目撃者を増やすことなく、ふたりは化野にたどりついた。

化野は小倉山《おぐらやま》の麓《ふもと》に広がる葬送地である。月明かりで見渡す深夜の光景は、なおさら凄《すさ》まじく、微かに吹く風にも鬼気迫るものが感じられた。

草深い中を進んでいけば、棄《す》ておかれた骨をいくつもみつける。鳥につつかれ、獣に食われたのか、骨はあちこちに散らばっている。

「大抵、死体はそのまま棄てておかれる。死は穢《けが》れだからな。家の中に穢れを入れたくないという理由で、病人が瀕死《ひんし》の状態で野に置かれることも珍しくない」

黙っていると幽鬼にとり憑《つ》かれそうな気がして、化野に踏みこんでから夏樹はずっとしゃべり続けていた。もっとも、こんなところでは明るい話題が出てくるはずもない。

「……こういう話はそっちのほうが詳しかったっけ」

「どうぞ、どうぞ。わたしの専門は、死ぬ間際と死んだあとですから」

とはいえ、死だのなんだの、陰々滅々とした話を続けるのも嫌になって、夏樹は質問に切り替えた。

「墓があるってことは火葬されたわけなんだろう？　探してるのは、どういった出自の霊魂なんだ？」

「ああ、上流貴族だったみたいですね。かなりいいところまでいったのに、競合相手の策にひっかかって失脚しちゃったんだそうです。その恨みつらみに凝り固まってるから、厄介なんですよ」

夏樹は複雑な表情を浮かべた。彼の曾祖父《そうそふ》、北野《きたの》の大臣《おとど》の晩年にそっくりだったからだ。もっとも、昔からこういう話は掃いて捨てるほどあるが。

「あんまり詳しいことは、生きてる人間には教えられないんです。すみません」

「こんなに協力してやってるのに？」

「はあ。このたびのお礼は、冥府にいらっしゃったときに罪障をひとつ割り引くということで、ご容赦を……」

「それ、閻羅王の許可はあったのかい？」

「はい、もちろん」

「じゃあ、ひとつと言わず、三つでよろしく頼む」

あおえは世にも情けない顔になった。

「わたしの一存では……」

が、みなまで言わぬうちに、馬づらがきりりと引きしまる。

「何か、います――」

あおえがつぶやいたと同時に、周囲の土がぼこぼこと盛りあがった。

枯れ木のように細い腕が、突如、地中から出現する。間をおかず、地上に全身を現したのは、明らかにこの世のものではなかった。

ばさばさの髪に、爛々《らんらん》と光る目。手足は異常に細く、薄い胸には骨が浮いているのに、腹だけはぼってりとふくらんでいる。

一見したところ、地獄絵に出てくる餓鬼《がき》そっくりだったが、それでいて、餓鬼とは違う点もあった。

腕が四本、あった。

夏樹の身体に緊張が走る。身構える彼の前に現れたのは、一体だけではなかった。次々と土中から、仲間とおぼしき物の怪が這《は》い出てきたのだ。

腕は二本だが、額にねじれた角を持つもの。地面に届くほど長い牙《きば》を見せびらかすもの。上半身が後方に捻《ね》じ曲がっているものと、実にさまざまだ。

「あおえ、大丈夫か？　今度は怖がってる暇もないみたいだぞ」

形見の太刀《たち》を抜き放って夏樹が訊くと、あおえは市女笠と衣装を脱ぎ捨て、不敵に笑った。

「正体がわかったら、もう平気ですよ。思ったとおりだ、こいつら……」

ふいに、物の怪の一体があおえめがけて飛びかかってきた。腕が四本あるやつだ。しかし、その腕が狙った獲物に触れることはなかった。それ以前に、あおえの拳が顔面へ叩きこまれたのだ。

たった一撃で細い首が折れ、物の怪は吹き飛ばされてしまう。

「やればできるじゃないか」

褒めてやると、あおえは嬉しそうに指をぽきぽきと鳴らした。

「やるときゃやりますよ」

仲間があっけなくやられてしまったというのに、物の怪たちはひるみもしない。ギャッと鳴くと、一斉に襲いかかってきた。

夏樹が太刀をふるうと、一瞬のうちに、物の怪の身体はまっぷたつになる。血も何も流さずに、斬られた物の怪は地に倒れた。

それでも、物の怪たちは次から次へと襲いかかってくる。

夏樹は機敏にたちまわって、太刀をふるった。彼の太刀は一度として空ぶりをせず、確実に敵を屠《ほふ》っていく。

あおえも必殺の拳と蹴りをくりだした。当たったが最後、敵は粉砕され、二度と立ちあがれない。

反撃らしい反撃もできず、物の怪たちは次々に倒れていった。彼らの側からすれば、相手が悪かったのだとしか言いようがない。

最後の一匹を夏樹が斬りふせるまで、たいした時間もかからなかった。

ひと息ついて、太刀を鞘《さや》にしまう。見まわせば死屍累々《ししるいるい》の大惨状——のはずなのに、なぜかそうはなっていない。

夏樹のまわりに散らばっているのは、物の怪の死骸ではなく、素焼きの器のかけらだった。

「なんなんだ、これは？」

足もとのいくつかを拾いあげると、墨で何事か書きこまれていた。他にも書きこみのあるかけらが落ちている。試しに、手のひらに乗せ繋《つな》ぎ合わせてみると、文字がひとつできあがった。

「呪《しゅ》……？」

夏樹の手のひらを覗きこんだあおえが、納得してうなずく。

「そこらへんをうろついていた雑霊《ザコ》がこれにとり憑いて、あんな餓鬼みたいな異形《いぎょう》になっていたみたいですね」

「ただの素焼きのかけらが？」

「念が籠《こ》もればなんだって化けます。この素焼きのかけらは、ここで呪詛が行われていたというりっぱな証拠ですよ」

それを聞いた途端、夏樹は素焼きのかけらを落としてしまった。かけらは彼の足もとでさらに細かく砕ける。これだけ小さなかけらになってしまえば、再び異形の姿をとりはしないだろうが……。

「きっと、このあたりがわたしたちの目指していた墓ですよ。そこに卒塔婆《そとば》もちゃんとあるし」

確かに、素焼きのかけらといっしょに、折れた卒塔婆が転がっていた。卒塔婆の下には陶器の蓋だけが落ちていた。

あおえがそれを手にとって、しげしげと眺める。

「これ、骨壺《こつつぼ》の蓋ですね。野犬が掘りおこしちゃったのかな」

火葬をしたら骨は骨壺におさめて埋めるが、平安時代にはまだ墓参りの習慣がなく、仮に野犬に掘り出されても、こういうふうに放置されてしまう。

「ちょっと待て。まだ、よく飲みこめないんだ。このかけらは、いったい……」

あおえは物わかりの悪い子供に聞かせるように、ゆっくりと説明した。

「呪詛のひとつに、人間の頭蓋骨《ずがいこつ》を使う方法があるのをご存じですか？　呪いたい相手の髪の毛とか爪とかを、頭蓋骨の中に入れてやるんですよ。もっと簡単に、器に呪いの文字をしたためて使う方法もありますね。ちょうど、こんな感じに」

「じゃあ、ここで呪詛が行われたと？」

あおえは重々しくうなずき返した。

「おそらく、成功したんでしょう。死ぬはずじゃなかった者を呪って無理に死なせたから、道が通じたままになった。それで、冥府にいるはずの霊魂がその道を通って逃げ出してしまった。あの物の怪たちは、そんな霊魂が呪詛の道具を依代《よりしろ》にして具現化したものとでも申しましょうか……」

夏樹は暗い目を周囲に向けた。化野の空気がじわじわと影響を及ぼしてきたのか、重苦しい気分がどうにも晴れない。物の怪たちを退治したときの高揚感も、もうかけらも残っていない。

それに、いま呪詛という言葉を聞くと、ついつい梨壺の皇子《みこ》のことを考えてしまう。あのいたいけな皇子も、こんなおぞましい方法で呪い殺されたのだろうか。

あたりを探しまわっていたあおえは、淡々とつぶやいた。

「頭蓋骨が見当たりませんね。術に使うのに持っていったみたいです」

ぞくっ、と嫌な悪寒が夏樹の背を走る。それをまぎらわすために、ついつい、きつい口調で問いかける。

「いったい、誰が誰を呪ったんだよ？　それに、これからどうやって、逃げた魂を探すんだ？」

「わかりません。ですから、ここから先は、陰陽師の力に頼るんですよ。でも、わたしにもわかることがひとつだけあります」

「なんだよ、それは」

重ねて問うと、あおえは少し疲れたように微笑んだ。

「あの子の匂いがします。あなたがたが梨壺の皇子と呼ぶ赤子の匂いが。ここで呪詛された対象は、間違いなくあの子です」

第三章　水のあやかし

「わたしがあの子を冥府《めいふ》に連れていったんですもの。間違えたりは絶対にしません」

あおえは力強く言いきる。夏樹は、なんとしてもそれを否定したかった。

「本当に、本当に、本当にそうなのか？」

「本当に、本当に、本当にそうです」

夏樹は足もとに散らばる素焼きのかけらに視線を転じた。

「こんなゴミみたいなもので、本当に人を殺せるのか？」

「方法はいくらでもあります。もっと単純で、馬鹿らしいほど簡単なやりかたも。言ってしまえば、手段はどうだっていいんです。恨む心、憎む心さえあれば」

「梨壺《なしつぼ》の皇子《みこ》は、生まれて間もない赤子だったんだぞ。誰が恨んだり、憎んだりできるんだ！」

夏樹は吐き捨てるように言うと、沓《くつ》のかかとで素焼きのかけらを何度も何度も踏みにじった。

勢いあまって、近くに転がっていた卒塔婆《そとば》も踏みつける。腐っていたのか、卒塔婆は簡単に折れてしまった。

この墓の主にしろ、便乗して冥府を脱走したとはいえ、生きた者の道具にされたにすぎない。八つ当たりしても仕方がないことぐらい、わかっている……。

夏樹は震える唇を手のひらで押さえ、怒りを封じこめた。無意味に暴れまわるよりも、いまはもっと建設的なことができるはずだ。

「……邸《やしき》に戻る」

「じゃあ、わたしもいっしょに」

「だめだ」

夏樹はきっぱりと断った。

「夜が明けたら、いくら枲《むし》の垂衣《たれぎぬ》があっても、その馬づらが透けて見えるようになる。だいたい、六尺半のその図体からして、女には見えないんだから。他の者にその顔を見られてみろ、神泉苑の化け物騒ぎは都中に伝わっているんだ。仲間だと思われて、袋《ふくろ》叩《だた》きにされるぞ」

夏樹の剣幕に圧倒されて、あおえはたちまち目をうるうるさせた。

「な、なんですか、化け物騒ぎって」

「ここのところずっと続いている日照りを起こした、魃鬼《ばっき》とかいう妖怪が、雨乞《あまご》いしている最中に現れて、さんざんひっかきまわしてくれたんだよ。それで、対応策探しのために、一条がいま職場に拘束されてるのさ」

「そんなのといっしょにするんですか。ひ、ひどい……」

ただでなくとも気がたっていた夏樹には、あおえのおふざけにつきあっていられる余裕がなかった。

「いまは魑鬼なんて、どうでもいい。あおえ、昼間にそのなりで都を歩きまわって、怪しまれずに済むと思っているのか？」

詰め寄られ、あおえはしぶしぶと答える。

「たぶん、おっしゃるとおりです……」

「だったら、ここで身をひそめているんだ」

「ここで⁉」

辺りに散らばるのは無数の骨。吹き渡る風の音は、死人の悲鳴のように聞こえる。

焦るあおえを、夏樹は無情に責めたてた。

「人間の霊なら平気なんだろ。そう言ったよな、確か」

「……はあ、確かに……」

「その代わり、明日の夜か、遅くともあさっての夜、ここに一条を連れてきてやる」

「本当ですか！」

あおえは交換条件についてしばし考えこんだ。自分は何もせずゆっくり一条を待つか、危険を承知で駆けまわるか。

うんうん言いながら検討した結果、あおえはやっと化野《あだしの》にひとりで残ることを承知してくれた。

「よしよし、無理についてきて袋叩きにあうよりは、ずっとましな選択だぞ」

「そうですかねえ」

不安げな様子がさすがに気の毒になったので、しばらく辺りをいっしょに歩き、あおえが身を隠しやすい場所を探してまわった。

運のいいことに、人の住んでいない荒れ寺がみつかった。いかにも何か出そうな雰囲気だが、これぐらい不気味なら、誰もすきこのんで足を踏みいれたりはしないだろう。ここここそ、あおえの隠れ家にうってつけだ。

「いいか、ここでじっとしているんだぞ。必ず、一条を連れてくるから、それまで絶対にここを出るんじゃないぞ」

夏樹がくどいほど言い聞かせると、あおえも素直に、

「大丈夫ですよ。骨休めだと思って、ここで寝てますから」

と約束する。のざらしの転がる野にそのまま置いていかれるよりも、屋根があるだけましだと思っているようだ。

それにしても素直すぎて、却《かえ》って心配だった。

「絶対、だぞ」

「はいはい」

念を押しても何かしら気になって、夏樹は何度も振り返りながら、化野からひとり去っていった。


自分の邸に戻ってから、夏樹はまず、桂の追及を躱《かわ》すのに四苦八苦させられた。帰りついたのは、もう夜明け近い時刻だったというのに、桂は起きたまま、じっと待っていたのだ。

「お帰りなさいまし。さあ、どこまで送っていって、こんな時間になったのですか？」

さっそく、食いついてくる。しかし、夏樹もこの程度はすでに予測していた。戻る道すがら、つじつま合わせの話をちゃんとひねりだしておいたのだ。

「いやね、実は……」

わざとあくびを嚙《か》み殺し、疲れているんだよとアピールしつつ、

「洛西《らくせい》のご実家まで女房どのを送っていったら、ぜひともお礼がしたいと、ご両親にひきとめられてね。とても、断りきれなかったんだよ。それで、歓待を受けているうちに、

斬り殺されたと思っていた従者たちが戻ってきたもんだから、いやはや、びっくりしたよ。どうやら、みんな軽傷で済んだらしいんだ。なのに、肝心の姫君が見当たらなくて、必死に探していたところらしいよ。結局、死人は出なかったし、娘も無事に戻ってきたから、今夜のことは内密にしてほしいとご両親に頼まれてね……」

「いったい、どちらのかただったのですか?」

「いやいや、それは明かせないよ。本人の名誉に関わることだからね」

そう説明し、重ねて口止めをしておいた。

できすぎた、むちゃくちゃすぎる話であることは百も承知。必要なのは、『本当のことなんだから、しょうがないじゃないか』と言いきれる、つらの皮の厚さと演技力。

案の定、桂は怪しんでいるようだったが、何を訊《き》かれても、この話をずっとくり返すようにした。

その効果はあった。ようやく桂も根負けし、他言はしないと約束してくれたのだ。

まずはこれで、ひと安心。安心すると、今度は眠気が襲ってくる。

なにしろ、緊張しながら化野まで往復してきたのだ。行きはあおえを人に見られないよう気を配り、帰りはあれこれ考えた。疲れはかなり、たまっている。

「桂、悪いけれど、もう寝るから」

「今日は参内《さんだい》なさる日ではありませんでしたか?」

「夜から、ね」

夏樹は本物の大あくびをすると、敷物の用意をするよう、桂を急《せ》かした。眠いのは演技でもなんでもないから、桂もすぐに用意してくれた。

横たわり、枕に頭をつけた途端、意識は朦朧《もうろう》となる。

(参内したら、首に縄をかけてでも、一条を連れ出して化野に行くんだ。あそこで陰《おん》陽《みょう》の術をつくしてもらって、呪詛《じゅそ》したやつを探し出すんだ……)

東の山に日輪がかかる頃には、夏樹はぐっすりと寝入っていた。


化野の荒れ果てた寺の庫裏《くり》の中で、あおえはむっくりと起き上がった。

「ああ、よく寝た」

目をこすり、外を覗《のぞ》くと、西の空の彼方《かなた》に太陽が沈みかけている。

「やっと、夜になりますか」

暗くなれば、いくらか涼しくなるだろう。そう思いながら、あおえは汗を拭った。

「ふう。ここって、めっぽう暑いんだもの」

大きな手をひらひらさせて、風を起こす。ひと心地つくと、あおえは鼻唄を歌いながら、かたわらに転がしてあった市女笠《いちめがさ》を被《かぶ》った。

この化野で夏樹とふたり、物《もの》の怪《け》相手に戦ったのは昨晩のこと。

夏樹はひとりだけでさっさと都に帰ってしまい、あおえは空き家になっているこの古寺で昼の間、人目と陽射《ひざ》しを避けて過ごした。もうそろそろ、動き出してもいい頃だ。

夏樹は、一条を連れてまた来ると約束してくれたが、それをただ待っているというのも芸がない。

「夜になったことだし、お迎えに行きましょうか。でも、やっぱり怒られちゃうかなあ」

ぼやきながらも、せっせと支度だけはする。夏樹に怒られること、確実である。

喉もと過ぎれば熱さも忘れ、懲りるということを知らない馬頭鬼《めずき》だった。

桂の衣装も身に着け終わり、もう一度外を見る。太陽はだいぶ山の端《は》に隠れだした。

(暗くなったら、すぐに出ようっと。なんだか、この寺、気味が悪いし)

そう思ったと同時に、後ろにあったボロボロの几帳《きちょう》がいきなり倒れた。

あおえはぎくりと身をすくめた。どうせ、ネズミか何かの仕業に違いないが、いちおう確認のため振り返る。大きな目をさらに全開して。この瞳に、実体の映らないものはない。

だが、そこにいたのはネズミではなかった。古風な、大陸風の衣装に身を包んだ妙齢の美女だ。

ろうたけた美しさと気品は、こんな荒れた寺には絶対に相応《ふさわ》しくない。どことなく、きつい目をしているが、それはあおえを警戒してのこと。恐れる気配もなく、気丈にこちらを睨《にら》みつけている。

——かと思うと、もうそこに女の姿はなかった。ほんの数回、瞬《まばた》きするうちに、かき消すようにいなくなってしまったのだ。

化野に葬られた者の霊が現れたのだろうか。だが、それにしては現実感があり過ぎた。青い衣装に薄い領巾《ひれ》がひらひらとまとわりついていた様子さえ、あますところなくあおえの目に焼きついている。

それに、まだこの寺の中にあの美女がひそんで、じっとこちらを見ているような気がする……。

あおえはごくりと唾を飲むと、割れ鐘のような声で叫んだ。

「出ぇぇぇたぁぁぁ!!」

荒れ果てた寺から逢魔《おうま》が時《とき》の化野に、あおえは一目散に飛び出していった。

一日中眠りこけていた夏樹は、夜になってから何事もなかったように、御所に参内していった。

まずは、大内裏《だいだいり》の西はじの右近衛府《うこんのえふ》に入り、夏樹はそれからすぐに陰陽寮《おんみょうりょう》に出向くことにした。

どうせ、右近衛府で彼に話しかける者はなく、引き止められることもなかった。厄介だったのは、出入り口の辺りで、同僚の光行とそのおとり巻き連中にかち合ったぐらいのことだ。

「おやおや、またお出かけかい？」

「近衛の職に飽いて、陰陽師《おんみょうじ》になるつもりなのさ」

「そのうち、雨乞いを始めたりしてな」

「きっと、できるさ。憤死した北野《きたの》の大臣《おとど》の血筋だから、その怨霊《おんりょう》の力でな」

光行たちはそう言って、げらげら笑う。

あいかわらずの嫌みだ。この程度はもう慣れている。それよりも、こいつらに構って、時間を無駄にはしたくない。

夏樹は聞こえないふりをして、さっさと右近衛府を出た。

光行たちの言うとおり、もう何度も通ったので、陰陽寮の門番とは顔見知りになっている。門番に一条がいるかどうか尋ねると、少し待ってくれるよう言われた。

ここ数日、この段階で面談を断られていたから、夏樹は内心、

（これは脈がある）

と、喜んだ。

とにかく、一条に直接会って話したいことが山のようにあった。昨日一日で、彼に会いたい気持ちは頂点に達している。胸にわだかまったものをしゃべりつくして、一刻も早く楽になりたかった。

（まずは、あおえのことからだ）

化野に無理やりおいてきたあおえを思っただけで、片頬がひくひくと震え出す。あんなに大きな図体をしておいて物の怪を怖がるとは、反則にもほどがある。とはいえ、放置もしていられない。早く迎えにいって安心させてやらなくては気の毒だ。

（とりあえず、化野から一条の邸にあおえを移そう。その前にもちろん、式神《しきがみ》たちに手出しをしないよう、一条に指示してもらって……）

段取りを考えていると、陰陽寮の奥から見知った男が現れた。

以前会ったことのある老舎人《ろうとねり》だ。一条ではなかったことで、少し嫌な予感がする。

案の定、老舎人は一条が陰陽寮にいないことを告げた。やっぱり、と夏樹はがっくりと肩を落とす。

「では、どこへ行ったんだろうか。実は、どうしても話したいことがあって……」

「何か、火急のご用事ですか？」

うなずくと、人のよさそうな老舎人は声を落として耳打ちした。

「行く先をみだりに教えるなと言われておりましたが、それは賀茂《かも》の権博士《ごんのはかせ》さまのことと……一条どのからはそう言われてはおりませんしね。実は、権博士さまが弘徽殿《こきでん》にお忍びになり、一条どのはそれに付き従ってございます」

「弘徽殿に？」

最初は少々意外にも思ったが、そもそも、神泉苑の雨乞いに賀茂の権博士を勧めたのは弘徽殿の女御《にょうご》さまだったのだと思い出す。

そういえば、女御の実家《さと》の左大臣家が、権博士の後ろについているとも聞いたことがあった。だとすれば、彼が弘徽殿に向かうのも、さしておかしなことではない。

「権博士さまは、ここでの連日の話し合いが退屈なご様子。今宵《こよい》も隙をみてこっそりと抜け出されました。ですから、このことはご内密に……」

「なるほど、そういうことだったのか」

考えてみれば、権博士は日照りの正体を雨乞いの日にすでに見破っていた。あのとき、彼の唇が「ばっき」とつぶやいたのを、夏樹ははっきりと見たのだから。

しかし、陰陽寮から魃鬼の名が報告されたのは、それから数日後。おそらく、陰陽頭《おんみようのかみ》が確証を得るまで発表するのを控えていたのだろう。

用心深くあるのは無理からぬことだが、権博士はそれを煩《わずら》わしく思ったのかもしれない。一条だったらまず間違いなく、そうだろう。

「わかった。他には洩《も》らさないようにしよう。幸いにも、弘徽殿にはいとこがいるから偶然を装うこともできるし」

「よろしくお願いいたします」

老舎人は深々と頭を下げる。夏樹は礼を言うのもそこそこに、弘徽殿めざして走り出した。

大きく西に迂回《うかい》し、官庁街の大内裏から、その中心で帝《みかど》の住まいである内裏の中へ。後涼殿《こうりようでん》の横を抜けていけば、弘徽殿はもうすぐだ。

しかし、その途中で、夏樹は急に背後から呼び止められた。

「おい、どこへ行くつもりか」

ぎくりとして、立ち止まる。ちょうど月が雲に隠れたところであたりは真っ暗だったが、見えずとも相手が誰かは声でわかった。上司の右近中将《うこんのちゅうじょう》だ。

「あ……これは、中将さま」

無視するわけにはいかず、夏樹はぎくしゃくと礼を返した。右近中将は、ゆっくりと近づいてくる。

中将は夏樹の肩にぽんと手を置いた。その距離だと、中将の全身から酒の臭いが漂ってくるのが感じられた。どうやら、すでにかなりの量をきこし召しているらしい。

「滝口《たきぐち》の陣《じん》に行くのか？」

その言葉で、自分の行動はすべて上司に筒抜けになっていると見当がついた。たぶん、光行あたりから悪意に満ちた報告がされているのだろう。

夏樹は心の中で荒々しく舌打ちした。日頃は努めて感じないようにしていた怒りが、急に腹の底からこみあげてくる。

（――いや、駄目だ。抑えろ、抑えろ、夏樹）

自身には厳しく言い聞かせ、右近中将に対しては平静を装って応える。

「いえ、弘徽殿のいとこのもとに参るつもりでございました」

実際、その言葉に嘘《うそ》はなかった。

「そうだったか。実は、心配をしておったのだよ。みなとうまくいっていないのではないかとな」

同僚たちの目のないところで右近中将と会うことなど、最近では滅多にない。それで、中将も日ごろ思っていたことを切り出してみたのだろう。

悪いひとではないのだ。もっとも、こうやって自分のことを気にかけてくれるのも、父の周防守《すおうのかみ》が賄賂《わいろ》をつかませたからだと知ってはいたが。

中将の好意に甘えて、光行らへの不満を洗いざらいぶちまける気にはとてもなれない。そんなことをしたところで事態は変わりはしない。へたをするとよけいに恨みを買うだけだと、夏樹はちゃんと理解していた。

「いえ……そのように見えましたのは、わたくしが今年の春から近衛の任を仰せつかったばかりで、慣れぬことが多いせいかと思います」

その代わり、慣れなくてもいいことにばかり慣れてしまったなと苦々しく思う。嫌みを言われても聞こえないふりをすること、暇を探してはよそに気晴らしに行くこと、などなど――

「そうか。最近、滝口の陣や陰陽寮にばかりいりびたっていると光行から聞かされたものだからな。どうしたものかと案じていたのだ」

どうせ、『任務を抛《ほう》り出して』といった言葉がその前につくのだろう。夏樹は皮肉な気分を噛みしめつつ、にっこりと微笑《ほほえ》んだ。

「すべては誤解でございます。しかし、まわりにそう思われていますのなら、これからはいとこのもとに通うのも自重することにいたしましょう」

「まあまあ、そう言うな」

右近中将は夏樹の肩に置いた手で、さらに何回か軽く叩く。

夏樹は笑みを保ちながら、早く解放してくれないかなと思っていた。右近中将の目がねっとりとぬめりを帯びたことに気づきもしない。

雲の陰に隠れていた月が再び現れ、下界をほのかに照らしていた。その淡い光のもと、自分自身がどんなふうに見えるのかにも、夏樹はまったく無頓着だった。

昔語りにも出てきそうな、水際だった美少年ぶり。弘徽殿の若女房たちが目をつけるのも無理もない、りりしさ、すがすがしさなのだ。

加えて、飾らぬ気性も都にあっては珍しく新鮮だった。それがかえって、同僚たちの嫉妬をあおっていた。

そして、右近中将のよこしまな気持ちも。

彼はやにわに夏樹を抱きしめると、その上に覆いかぶさった。

空白の時が流れる。あまりにも突然で、何事が起こったのか、夏樹には理解できない。

最初に知覚できたのは、鼻の下にあたる、ざらざらとした感触だった。それが右近中将の髭《ひげ》の感触だとわかった途端、夏樹の頭の中は真っ白になった。

何も考えられない。それどころか、意識を手放してしまいそうになる。

だが、ここで気絶などしたら、その後どんなことになるやら。鈍くても、それくらいのことは想像できた。

遅ればせながら、夏樹は必死になって抗《あらが》った。しかし、背中にまわった中将の腕はなかなか離れない。昨夜《ゆうべ》のあおえに匹敵する馬鹿力だ。

逃れられぬまま、無理に唇をこじあけられる。それといっしょに、酒臭い息と舌が口の中に侵入してきた。

今度こそ、気を失いそうになる。が、その寸前、右近中将が急に腕をほどいた。

縛《いまし》めがなくなるや、脱力した夏樹はその場にへなへなと崩れ落ちた。肩を波打たせて、むさぼるように息をする。

その間に、右近中将は脱兎《だっと》のごとく駆け去っていた。助かったことは助かったのだが、どうして中将が逃げていくのかはまったくわからない。

呆然《ぼうぜん》と上司の背中を見送っていると、背後でかさりと草を踏む音がした。

飛びあがらんばかりに驚き、この醜態を目撃したのは誰か確かめるため、急いで後ろを振り返る。

そこにいたのは一条だった。

彼はちょうど、身をかがめて落ちた扇を拾い上げているところだった。山の端の月が描かれた扇だ。右近中将は、扇が落ちる物音に驚いて逃げていったに違いない。

一条の扇に救われたのは、これで二度めだ。

自邸にいたときとは違い、一条はきちんと髪を結って冠《かんむり》も着用している。拾いあげた扇で自身の肩を叩きながら、彼は面白くもなさそうにつぶやいた。

「邪魔をして悪かったな」

「とんでもない！」

夏樹は自分でもびっくりするほどの大声で叫んだ。同時に、じわりと涙まで湧いてくる。

一条は意外そうな顔をした。

「なんだ、知らなかったのか？」

「何を」

「右近中将の趣味を」

夏樹の見開いた目いっぱいに広がった驚きが、その答えになっていた。

「そうか。それは気の毒に」

本気で同情しているようには聞こえない。むしろ、いままで気づかなかったほうがおかしいと呆《あき》れているのが伝わってくる。

「ずいぶんとかわいがられてるみたいだから、当然知っていると思っていたよ」

「そんな」

抗議しようとした瞬間、脳裏を光行の顔がよぎる。

（もしかして、あいつがこっちを目のかたきにしていたのは……）

夏樹が何を考えたか、一条はその表情の変化で読みとったらしい。

「いままでいじめられていたわけが、やっとわかったみたいだな」

「じゃあ、光行は……」

「今年の春まで、右近中将のお気に入りだったやつのことか？」

「それで、あいつ、逆恨みを」

やっと、事の真相に気づいた夏樹はわなわなと震え出した。他人の嗜好《しこう》をどうこう言うつもりはないが、一方的に巻きこまれるのはごめんだった。くやしいやら、自分の鈍さが情けないやらで、涙もついにあふれてくる。

口の中に、中将の酒臭い息や舌のいやらしい感触がまだ残っていた。気分が悪くなり、手の甲で唇をこする。何度も、何度も。

それをじっと見ていた一条が、

「ちょっと、手をどけてみろ」

そう言って、夏樹の傍らに立った。言われるままに手を下ろすと、代わって一条の手が夏樹の口をふさいだ。

一条の手は柑橘《かんきつ》系のいい香りがした。指も手のひらも、ひんやりと冷たくて、まるで陶器か何かのようだ。それでいて唇に触れる肌触りは柔らかく、中将の唇とはとにかく雲泥の差だった。

「さっき、柑子《こうじ》を食べて匂いが残っているから、口直しにならないかな?」

夏樹は小さくうなずいた。軽く息を吸い、柑子の香りで酒の臭いを追い払う。みじめだった心も次第に癒されていく。

一条がゆっくり手を離したときには、夏樹もだいぶ落ち着きを取り戻していた。

「助けてくれて……ありがとう」

「なに、扇を落としてしまっただけさ」

「落とさなかったら、そのまま見捨てていたかい？」

それには答えず、「じゃあ」と立ち去ろうとするので、夏樹はあわてて一条の袖をつかんだ。

「ちょっと、待った。話したいことがあるんだ」

「あとで頼む。権博士の忘れ物を取りに行くところだから」

すまなそうに言って、夏樹の手を離す。彼が忙しいのは承知していたが、だからといってここで逃したら、いつまた会えるかわからない。

「大事な話なんだよ。あおえが都に来ているんだ」

あおえの名を出すと、さすがに一条も立ち止まった。琥珀色《こはくいろ》の目は怪訝《けげん》そうに眇《すが》められている。

「冥府の鬼がまた現れた？」

「そうなんだ、だから、これから……」

「どうして、選《よ》りによって今日なんだ」

一条は思いのほか、激しい口調で言い捨て、彼のその剣幕に夏樹は少なからず動揺した。

「今日だとなぜまずいんだ？」

しかし、一条はその問いには答えず、

「悪いが、話している暇はない。明日だ、明日。明日は家に帰るから、それまで待っていてくれ」

約束するや、一条は陰陽寮めざして走っていく。本当に急いでいるらしい。夏樹は右近中将のときのように、呆然と後ろ姿を見送ることしかできない。

（なぜ急いでるんだ？　今日、何があるっていうんだ？）

特に思い当たる節もない。もしかして、今夜、賀茂の権博士と弘徽殿で祈禱《きとう》でもやるつもりなのだろうかと考えるのが精いっぱいだ。

奥歯に物がはさまったような感じだったが、明日には会えるという言葉を信じるしかなさそうだ。あおえにも「明日の夜か、あさっての夜」と告げているし、これで善しとするしかあるまい。

（……ここまで来たなら、本当に深雪《みゆき》に会っていくか）

とも思ったが、権博士が来ているのなら深雪も応対で忙しいかもしれない。

しかし、あんなことのあったあとで、右近衛府にすぐ戻るのもつらかった。

光行の顔も見たくはないし、右近中将にはこの先、どういう態度をとっていいのやら。何事もなかったように、無視し続けるのがいちばんいいだろうが、今夜ばかりはそれができそうにない。もう少し冷静になれる時間を持ちたかった。

迷ったすえに、すぐ近くの滝口の陣にいそいそと向かった。弘季《ひろすえ》と世間話でもして、浮世の憂さを晴らそうと思ったのだ。

しかし、出向いた陣に弘季の姿はなかった。応対に出た若い滝口に尋ねると、

「弘季どのは今夜は私用で遅くなるとのことでございます」

との返事だった。

「では、いつごろ、お出ましになるのか」

「さあ……なにしろ、急なことのようでしたから」

結局、詳しいことはわからず終《じま》いだった。今夜はことごとく運が悪いようだ。

仕方なく滝口の陣を出て、わざとゆっくり歩く。陰陽寮も、滝口の陣も駄目なら、やはり行くところは深雪のところしかあるまい。

(とりあえず、様子をうかがってこよう。もしかしたら、権博士の応対に出ているのは他の女房で、深雪は暇だったりするかもしれないし)

そう決めると、夏樹は弘徽殿へと足を向けた。深雪に会いたいというよりは、とにかく右近中将や同僚たちと顔を合わせたくない一心だった。

そのころ——

滝口の武士の弘季はひとり、洛西を馬で進んでいた。

古くからの友人が急に倒れてしまい、その様子を見にいった帰りだった。おかげで参内の予定の時間にずいぶんと遅れてしまったが、その旨の知らせはしておいたから、特に問題はないだろう。

陽は沈んだとはいえ、宵の夜気はまだ蒸し暑かった。友人は暑気あたりで倒れたらしいとのことだった。見舞いに行った自分まで、同じようなことになっては笑えないと、水を摂《と》りつつゆっくりと馬を進ませる。

その馬が、命じてもいないのに突然、止まった。

「おい、どうした？」

馬が答えるわけがない。ただ、太い首をねじって、しきりに後ろを振り向こうとする。どうしたのだろうかといぶかしんでいると、背後から女の声が――いや、女にしては低すぎるような気がしたが――かかった。

「もうし、そこのお侍さま」

振り返ると、市女笠を被った旅装束の女がいつのまにか、すぐ後ろに立っていた。

弘季は一瞬、何かの間違いかと疑った。女の身の丈が七尺近くあるように見えたのだ。だが、いくら目をこすっても、女の背丈は縮まらない。枲の垂衣のおかげで顔が見えないのも、もどかしい。

（もしや、狐狸妖怪《こりようかい》の類《たぐ》いか）

弘季はいつでも反撃できるよう、太刀《たち》の柄《つか》に手を置いた。彼のその動きがわかってい
ただろうに、女は恐れる素振りもない。

馬もおびえるでもなく、ただ、女が気になって仕方ないといった様子だ。

相手から敵意が感じられない。馬もさして動揺はしていない。そのことが弘季を迷わ
せた。

どう動くべきか弘季が決めかねていると、女がまた声をかけてきた。

「実は、従者とはぐれて難儀をしておりますの。申し訳ありませんが、正親町《おおぎまち》の右近《うこんの》
将監《じょう》さまのお邸まで連れていってはくださいませんか」

「正親町の右近将監……」

弘季はそれに該当する人物をすぐに思い出した。

「もしや、それは大江《おおえの》夏樹どののことか」

「まあ。夏樹さまをご存じでしたか」

夏樹の知人と知るや、弘季の警戒も簡単に解けた。

「これは失礼をした。いや、このような夜中の寂しい道で、ひとり歩きの女人《にょにん》に出会う
とは思いもよりませんでしたからな」

太刀の柄から手を離し、照れ笑いを浮かべる。幸い、女は気を悪くしてはいないよう

だ。

「さあ、どうぞ、後ろにお乗りください」

女性相手だと、言葉遣いも丁寧になる。弘季は手を差しのべ、女を馬上に引き上げようとした。

腕に女の体重がずしっとかかる。これが、半端でなく重い。弘季は危うく馬から転げ落ちそうになった。

が、武士の意地に懸けても落馬などはできない。弘季はぐっと踏ん張り、女を馬上に引きずり上げた。

面目を潰さずに済んでホッとしたのも束《つか》の間《ま》、今度は馬がふらふらとよろける。ふたり分の重みに耐えかねているらしい。

弘季があわてて馬から降りると、馬もよろけはしなくなった。どうやら、この女を馬に乗せるなら、自分は歩くしかなさそうだ。

「では、参りますか。ところで、わたしは右近将監どののお邸の場所を、はっきりと知っているわけではないのですが……」

「正親町まで行ってくだされば、あとは自分で参りますわ」

そこまで詳しく知っているのなら、血縁の者か、あるいは恋人だろう。後者だとしたら、いったい何がきっかけで知り合ったのだろうかと少しばかり好奇心がうずく。

「ところで、あなたさまは右近将監どのとはどういう……」

「おほほほ」

女が艶《つや》っぽく笑った。いや、艶っぽいというよりは、地を揺るがすような笑い声だったが、その反応から、これは恋人だなと弘季は思いこんだ。

「しかし、右近将監どのなら今宵はすでに参内されているはず……」

夏樹がしょっちゅう滝口の陣にやってくるので、弘季は彼の日程をだいたいのところ把握できていた。

「では、正親町に行ってもお会いできないのですね」

女はさも残念そうにつぶやく。弘季はそれを耳にして、ちょっとしたいたずらを思いついた。

（前触れもなく、このかたを目の前に連れていったら、右近将監どのはどんな顔をされるかな？）

夏樹の驚き狼狽《ろうばい》する顔を想像すると、弘季の頬に自然に笑みが浮かんできた。

「いやいや、お会いできますとも。及ばずながら、わたしがその手筈《てはず》を調えましょう」

「よろしいのですか？」

「はい。わたしめにお任せあれ」

「嬉《うれ》しゅうございますわ。なんと頼もしいことでしょう。よろしく、お願いいたしますわね」

　梟の垂衣の向こう側で、妙に長い顔が縦に振られる。その長さは、奇妙な彼女を乗せている馬の顔にほぼ匹敵するくらいだった。


　夏樹が滝口の陣に寄っている間に、一条はとっくに弘徽殿に戻っていた。

　他の者にみつからないよう、指定された妻戸《つまど》をこっそりと叩く。妻戸はすぐに開かれ、すぐ内側に控えていた女房が、心得顔で浅くうなずいた。

　深雪だった。

　互いに視線を交わし合ったものの、ふたりはひと言も発しない。深雪が殿舎《でんしゃ》内へ導くよう身をひいたので、一条も上がりこむ。

　ふたりは足音を殺して奥へと進んだ。行きついたのは女房用に与えられた局《つぼね》で、そこにはすでに先客たちがおり、一条たちを待ち構えていた。

「遅かったな」

　と、先客のひとり――賀茂の権博士が言う。

「どなたかが忘れ物などなさいましたからでしょう？」

　やんわり皮肉ったのは小宰相《こさいしょう》の君《きみ》だ。弘徽殿の数ある女房たちの中でも、最も女御の信頼が厚い存在である。この局も、彼女のために設《しつら》えられた広めの部屋だった。そして、もうひとり、几帳《きちょう》のむこうに誰かがいた。

広めの部屋でも、五人も詰めこむと手狭になってしまう。ましてや、几帳のむこう側にずいぶんと空間をとっているので、他の四人は互いに頭をぶつけかねないほどだ。

夏の夜、それほど密着すれば汗まみれにもなろうはずだった。しかし、局の中の空気は適度に湿気があり涼しい。

「とりあえず、身守《みまも》りの札はこれでよろしいですね?」

一条が、陰陽寮からこっそり持ちこんだ札を師匠に手渡す。権博士は見もしないで、それを小宰相の君に二枚、深雪に一枚配った。

小宰相の君はそのうちの一枚を几帳のほころびに手を差し入れ、むこうの人物に渡した。

札が全員に行き渡るのを待ってから、権博士がおもむろに説明をする。

「その札を身に着けていてください。万が一のとき、これがみなさまがたを救ってくれるでしょう。それで、お願いしておいたことはいかがなりましたか?」

小宰相の君が鷹揚《おうよう》に微笑んで応える。

「ええ、飲み水にいただきましたお薬を混ぜましたわよ。その際には、この伊勢の君に手伝ってもらいました」

「はい。さっき見てまいりましたが、みなさま、ぐっすりお休みのようでした」

深雪はここで深々と頭を下げたかったが、それをすると一条の背中を額でこづくことになるので、軽くうなずく程度で我慢した。

そのとき、几帳のむこうの人物が初めて口を開いた。

「あのお薬は、よもや危ないものではないでしょうね」

鈴を振るような優しい女性の声だ。

「こちらの女房がたが明朝、寝坊をなさる程度のことでございますよ」

権博士が応え、頭を下げようとして、はずみで小宰相の君の肩にぶつかりそうになった。彼女に厳しい目で睨まれ、さすがの権博士も身をすくめる。

「これは失礼を」

深雪が笑いをこらえていると、権博士と視線がかちあった。無礼な女房だと思われたかとうろたえる深雪に、権博士は実にさわやかな笑みを返した。

「確か、右近将監どののおいとこでしたね。あなたも北野《きたの》の大臣《おとど》の所縁《ゆかり》のかたでいらっしゃいますか？」

「いえ、わたくしは父方のいとこですから。右近将監は母君から北野の大臣の血をひいておりますので」

「そうでしたか」

権博士は意外そうな顔をしたが、それ以上の追及はしなかった。

「さて……それでは、誰かが来て邪魔をする前に早く片づけてしまいましょうか。みなさま、札をしっかりと身に着けていてくださいませ」

権博士がそう告げると、小宰相の君と深雪はそっと几帳のそばに身を寄せた。何事かあればふたりして、几帳のむこうの人物を守ろうとするかのように。

一条は一条で、権博士の傍らに師匠の影のごとく控えている。言葉はないが、彼もまた、何事かあれば、師匠を全力で守ろうとするだろう。

みなの気構えができあがったのを確認し、権博士は懐から水晶の数珠《じゆず》を取り出した。かなりの長さがあるそれを、幾重にも巻いて両手にからませる。

その手を合わせ、権博士は目をつぶって呪文を唱え始めた。神泉苑で祝詞《のりと》を唱えていたときとは正反対の小声で。

語句は誰にも聞き取れず、まるで風のそよぎのようであった。

深雪と小宰相がちらりと顔を見合わせる。このような小声で果たして効果はあるのかと、彼女らが案じているのが表情からもうかがえた。

――その懸念は杞憂《きゆう》でしかなかった。

権博士が呪文を唱え始めていくらもしないうちに、みなのいる局の床下で、何かがぞろりと蠢《うごめ》いたのだった。

そのころ、夏樹は弘徽殿の東面にいて、何度も何度も中に向かって呼びかけていた。

「どなたか、いらっしゃいませんか？　すみません、どなたか……」

しかし、応答がないどころか、中からはことりとも音がしない。蔀戸《しとみど》はすべて下ろされ、どこもかしこも戸締まりがきちんとなされている。

（まさか……弘徽殿の女房がたはもう寝入ってしまわれたのか？）

後宮《こうきゅう》では夜遅くまで、いろいろな遊びに興じるのが普通だ。夢中になって夜明かしをすることも珍しくない。

昼間、気の張る行事があったあとというわけでもないのに、全員が早々と眠ってしまうとは本当に奇妙なことだと夏樹は思った。

（仕方がない。今日のところは……）

諦め、弘徽殿に背中を向けたところで彼は立ち止まった。

（待てよ。一条と権博士が中にいるんじゃなかったか？）

老舎人ははっきりとそう言った。他言してはいけないと念まで押したのだから、間違いということはあるまい。

途中でばったり出会った一条も、どこへ行くとは教えてくれなかったが急いでいた。

権博士に何か頼まれたのではと推測できなくはない。

　権博士ひとりなら、弘徽殿の女房のところにでも通いにいった可能性はある。だが、一条もとなると、陰陽寮の務めがらみとしか思えない。

　奇妙なほど静かすぎる宵に、陰陽師が人目をはばかり、急いでやらねばならぬ任務とは、いったいなんなのか。

（まさか……）

　ふと胸に浮かんだのは、最初こそ小さな違和感にすぎなかった。だが、それが夏樹の中で、まったく違う事柄と結びつく。

（――梨壺の皇子が呪詛されたのは、まぎれもない事実だった。それが行われた場所までこの目で見てしまったんだから、もはや疑うべくもない。ひどい話だけれど、死んでしまった皇子はもう戻ってこない。出家され、心穏やかに暮らされている更衣《こうい》さまに、真実を知らせるのも酷だと思う。どうせ、呪ったのは政敵の誰かで、いずれは呪いの報いがその者にも返るはずと言われて無理やり自分を納得させたけれど……、呪詛といえば陰陽師のお家芸みたいなものじゃないか？）

　夏樹は頭を強く左右に振った。よりにもよって、権博士を疑うようなことを考えている自分に少なからず驚いてもいた。

　それでも、一度根づいた疑いは消えず、どんどん膨れあがっていく。

(梨壺の更衣さまに皇子を生んでもらって困るのは、いまだ御子《おこ》を生んでいらっしゃらない他の妃《きさき》たちだ。弘徽殿の女御さまだって、そのひとりじゃないか。しかも、女御さまには賀茂の権博士という呪詛の専門家がついている)

こんなことを次から次へと考える自分が嫌だった、やめたかった。なのに、もうひとりの自分が冷静に指摘し続ける。

(弘徽殿の女御さまが、あれほど更衣さまに親切だったのも、裏を返せば罪悪感からだったのかもしれない)

湧きあがる疑惑は、自身の力だけではとても抑えられそうにない。これを静めるには、誰かに筋道たててきっぱりと否定してもらうのがいちばんだと思えた。

たとえば、弘徽殿の女御に。だが、夏樹の身分では女御に直接会うなど無理な話だ。

(では、せめて賀茂の権博士に。あのひとの言葉なら、きっと信じられる)

その権博士は、いま、弘徽殿の中にいる。

(もしかして、弘徽殿の女房がたがみんな早々と眠ってしまったのも、権博士の術のせいでは。そうやって邪魔の入らない状況を作りあげ、権博士は中で何をしているんだ?)

せっかくいい方向に思考を持っていこうとしたのに、逆にまた、悪いほうに転がり落ちていく。抛っておけば、疑心の塊になってしまいそうだ。

(かといって、無理に押し入るような真似《まね》はできないし……)

誰かひとりでも起きている女房はいないかと、弘徽殿のまわりをめぐって探してみることにした。開いている戸口でも運良くみつけたら、思いきって覗いてみるのもいいだろう。

夏樹は弘徽殿の東面に沿って南へ歩き、角まで来ると南面の石畳の上を進んだ。東面も南面も、どこも戸は開いていない。

若い女御さまの住む殿舎なのだから、戸締まりを忘れるような油断があっては面倒のもと。女房たちの心構えはりっぱだが、こういうときは隙のなさが恨めしい。

それにしても、弘徽殿のまわりは明らかに宮中の別の場所よりも涼しかった。あんな噂《うわさ》が流れるのも無理はない、いや、もしかしたら噂のとおりに——と、疑いはほんの少しのきっかけで、また大きく育っていく。

南面の角に来たので、またぐるりとまわって西面を進む。そのとき、前をよぎる人影が前方にちらりと見えた。

空の月は細すぎて、相手の容姿まではわからない。若い男のようだが、それだけなら御所の中には五万といる。

幸いにも、むこうはこちらに気づいていないようだ。気づかれぬうちにもう少し近くにいってみようと思い、夏樹は足音を忍ばせて進んだ。

相手はこそこそと弘徽殿の中をうかがっている様子だった。もしかしたら、ここの女房に通いに来て、締め出された公達《きんだち》だろうか。

近くで見ると、せいぜい二十歳《はたち》ぐらいかと思えた。中肉中背で、これといって特徴のない身体《からだ》つきをしている。

着ているものは、袍《ほう》も指貫《さしぬき》も上質で品がいい。ひょっとして参議《さんぎ》あたりの上達部《かんだちめ》か。

残念なことに、顔のほうはまだよく見えない。好奇心も手伝って、夏樹はさらに歩を進めた。

いささか急ぎすぎたのだろう。近づいてくる夏樹に気がつき、相手が露骨に驚く。こうなったら声をかけるしかあるまい。

「もし……」

ところが、夏樹が呼びかけるや否《いな》や、相手はくるりと背を向けて走り去ろうとした。

これは露骨に怪しいと、夏樹も急ぎ駆け寄って男の袖をしっかりとつかむ。相手の身分を考えると思いきった行動だが、逃しては元も子もない。

「失礼ながら、いったい、どういった御用で弘徽殿へ？」

しかし、男は応えない。それどころか、必死に顔をそむけ、しかも空いているほうの袖で覆い隠そうとする。

ますます、怪しい。

（もしや、他の妃が放った間諜《スパイ》とか？　弘徽殿の女御さまに不利な噂を流そうとしているやつか？）

ついさきほどまで夏樹自身も女御を疑っていたくせに、そのことは早くも忘れていた。

「貴殿のお名前は？　なぜ、ここに？　どうして、お顔を隠そうとなさるのか？」

重ねて問うても、男からの返事はない。声さえ、聞かれたくないようだ。

ますますもって、怪しい。

無理にでもこちらを向かせようと、夏樹は袖を強く引っぱった。男のほうも絶対に顔は見せまいと抵抗するものだから、袖がびりっと裂けてしまう。

男は夏樹の手に袖を残したまま逃げようとした。が、そのとき、きっちり閉まっていた弘徽殿の戸が一枚、ガタンと音をたてて外れた。

次の瞬間、そこから何かが飛び出してくる。

振り返った夏樹は、我が目を疑った。巨大な蛇が――いや、龍が突然に、弘徽殿の中から現れたのだ！

龍の全身はまるで水でできているかのように青く透き通っていた。しかも、形は定まっていながら内部では流れがあり、月の光を反射させて、きらきらと輝いている。

この世には存在し得ないはずの美だった。しかし、その美しさに見とれている暇はない。龍はまっすぐこちらへ向かっていたのだ。

太刀を抜く間もない。夏樹は咄嗟《とっさ》の判断で男を突き飛ばし、自らもいっしょに地面に転がった。

直後、青くきらめく龍身が、ふたりのすぐ上をうねりながら通過していく。よけなければ、この巨大な龍はそのまま夏樹たちを薙《な》ぎ倒していただろう。骨は折れ、内臓は潰れて、たちまち命を失っていたに違いない。

龍は夏樹たちの上を通過し、そのままいずこかへと去っていく。

夏樹は用心のため、しばらくじっとしていたが、何事も起こりそうにないので、ゆっくりと起きあがってみた。

龍はもうどこにもいない。あの速さで、天に昇ったか、地にもぐったか。

そもそも、あれは本当にあった出来事なのか……。

見まわせば、例の怪しい男の姿もなかった。少しの隙をついて逃走したのだろう。やはり、あまり詮議《せんぎ》をされたくない、すねに傷持つ身だったらしい。

再度、弘徽殿を振り返った夏樹は、あっと声をあげそうになった。戸板の隙間から、見知った者たちがこちらを覗いていたからだ。

深雪がそこにいる。一条や賀茂の権博士も。それから、その奥に見知らぬ女性がふたり立っている。

深雪は駆け寄ってくると、夏樹の腕を引っぱった。

「どうして、ここにいるのよ⁉」

「どうしてって……一条を探して……」

あんな龍を思いがけなく目撃してしまった直後だ、頭がなかなか動いてくれない。夏樹が口ごもっていると、一条たちの後ろにいた小袿《こうちぎ》姿の女性がふいに呼びかけてきた。

「人目についていては面倒。右近将監どのにはこちらへ来ていただきましょう」

だが、言われたからといって、素直に従えるはずもない。

「しかし、女御さまのいらっしゃる殿舎に軽々しく入りこむのは……」

ためらう夏樹を、深雪は肘でつっついた。

「いいから、上がりなさいよ。その女御さまからのお許しが出たんだから」

「女御さまって……」

夏樹は深雪の言葉に愕然《がくぜん》とした。もう一度、声をかけてきた女人を振り返る。

そのひとは、涼しげな夏虫の色（鮮やかな青。瑠璃色《るりいろ》）の小袿を身にまとっていた。深雪と、もうひとりの女人は唐衣《からぎぬ》と裳《も》を着用している。小袿はそれよりぐっと略装になる。

高い身分の者ほど服装が簡単になるのが、平安時代の慣習だった。ならば、小袿の女人は——

「弘徽殿の女御さま!?」

女御がうなずくので、夏樹はなおさら戦《おのの》いてしまった。

「しかし、しかし、よりにもよって、身重の女御さまのもとに上がりこむなどと！」

それを聞いて、女御は深雪を軽く睨みつけた。

「あらあら、伊勢がしゃべってしまったのね」

「も、申し訳ございません、女御さま。右近将監はいとこで、口が堅いと信頼しておりましたので、つい」

深雪があわてて弁解すると、女御もすぐ、おかしそうに微笑む。

「そのことなら心配はいりませんよ、右近将監どの。懐妊は間違いだったのですから。公表する前で、本当によかったこと」

間違いと聞かされても、そんな大事を早々に教えてもらえたことに、夏樹はさらに動揺した。

「ほ、本当でございますか。またどうして、それがわかっ……」

みなまで言わぬうちに、深雪の檜扇《ひおうぎ》が顔面に炸裂《さくれつ》した。しかも、三発連続して。

衝撃で目の前がぐわんぐわんと揺れているうちに、赤面した深雪が代わって女御に謝る。

「申し訳ございません、女御さま。いとこは悪気はないのですけど、本当に鈍くて……」

「気にしてはいませんよ、伊勢」

女御も少しばかり頬を赤くしている。

そこに至って、ようやく夏樹もピンときた。わかった途端に、顔が火を噴かんばかりに赤くなる。

「こ、これはとんだご無礼を……」

「わかったら、早く。これ以上、わたしに恥をかかせないでよ」

深雪が小声で叱りつけて急かす。まだためらいは多分にあったけれども、夏樹は仕方なく弘徽殿に上がりこんだ。

外れていた戸が、背後でぴしゃりと閉められる。夏樹を奥に連れていく間、みなは一様に黙りこんでいた。

何ゆえ、このように人目を気にしているのか。弘徽殿の中が不思議なほど静かなのはなぜか。訊きたくても訊けない空気ができあがっている。

やがて、夏樹は奥の局に通された。床に直《じか》に座るや否や、好奇心を抑えきれずに深雪に尋ねた。

「他の女房がたは？」

どう言ったものかと深雪が迷っていると、すぐ横にいた権博士が代わりに答えてくれた。

「みなさん、眠り薬の入ったお食事をなさいましたのでね、朝までぐっすりお休みです。

その際には、女御さまの最も信頼されている女房がたに手伝っていただきました」

最も信頼されている女房がたと称され、深雪といまひとりの女房、小宰相の君は誇らしげだが、夏樹は目をしばたたいた。

「なんのために、そんなことを……」

「あまり、大っぴらにやりたくはなかったんですよ。目撃者を最小限にとどめたかったんです。いろいろと考えるところがありましてね」

「なんなんですか、その大っぴらにやりたくなかったこととは」

夏樹の問う声がきつくなっても、賀茂の権博士は大人の余裕を見せつつ穏やかに答える。

「ご覧になったでしょう。あの蛟龍《みずち》が逃げていくところを」

「蛟龍？」

「弘徽殿の床下に、蛟龍がひそんでいたんですよ。このまわりにだけ、湿気がふんだんにあったのもそのせい」

夏樹はきらきら光る水の龍を脳裏に思い浮かべた。

「あの水の……」

「そう。蛟龍は『水の霊《ミズチ》』、水の神霊そのものです。あれがここにいたから、湿気が常にたちこめていた。不埒《ふらち》な噂がたっているのはご存じですか？　魃鬼の出現を、弘徽殿の女御さまのせいにする噂ですが。その噂を打ち消すために、まず蛟龍を追い出し、他の場所と同じく湿気をなくす必要があったのですよ」

「ちょっと待ってください」

夏樹は手を上げて、権博士の話を中断させた。どうにも引っかかる点があったのだ。

「蛟龍がひそみ、弘徽殿に湿気を呼んでいたのなら、それを追い落とすところを多くの人に目撃させるべきですよね。そうしたら、噂はいっぺんに消えますとも。他の女房をすべて眠らせてまで秘密にする必要はどこにも……」

「では、わたくしがその疑問にお答えしましょう」

発言したのは、弘徽殿の女御だった。

「賀茂の権博士に言われたのです。憂いをとり除いてさしあげましょう、と。こんな日照りの続く頃に、わざわざ蛟龍が弘徽殿の床下にひそむはずがない。これは誰かの企てた罠《わな》に違いない。蛟龍を追い落とせば、罠を仕かけた者のところにそれは逃げていくはず。追えば誰のさしがねかわかる、と」

夏樹は内心、感動しながら、女御の話を聞いていた。

若く美しい、帝の妃。これほどの身分の女性の声を仲介なしで聞けるなど、まずありえないことなのだ。しかも女御の声は凛《りん》として張りがあり、耳にも心地よかった。

「わたくしは蛟龍の追い落としをお願いしました。でも、蛟龍が仕かけた者のところに逃げこみ、そこを誰かに目撃されれば、今度はその者の立場が危うくなる。……そのようなこと、わたくしは望みません」

女御はほうっと吐息を洩らす。

「後宮は表は華やかでいて、裏は冷たく醜いところだと、入内《じゅだい》前から、わたくしにはわかっていました。それでも、左大臣家の期待を背負う身に入内を拒むことは許されない。だから、わたくしは神仏に誓ったのですよ。けして、誰をも恨んだり憎んだりはしないと。まわりがそうだからといって、自分まで醜くはなりたくはありません。ですから、誰がわたくしを陥れようとしたのかなど、できれば知りたくないのです」

「しかし、しかし……」

失礼と知りつつ、夏樹は口を挟まずにいられなかった。

「ここで捕まえておかないと、相手はまた何度も同じような陰謀を張りめぐらせて、女御さまを陥れようとするはずです。現に、ついさっきも怪しい男が弘徽殿の中を探って……」

女御は緩やかに首を横に振った。

「それが誰のさしがねか、知ってしまえば、わたくしもそのかたと同じところに堕《お》ちてしまうだけです」

夏樹は驚きを通り越し、ひたすらあきれ返ってしまった。

深雪はどう考えているのかと見ると、ほんの少しだが唇を尖《とが》らせている。女御の指示に不満な様子がありありとうかがえた。

その一方で、小宰相の君は感激し、うっすら涙ぐんでいる。

「女御さまのお心のなんと深いこと……」

女御のお心が深いのはよくわかった。しかし、自分の心が狭いのか、

(深雪の反応が普通に見えるときが来るなんて)

と、どうしても思ってしまう。綺麗事《きれいごと》ばかりでは生き残りさえも困難になりかねないのに……。

賀茂の権博士と一条は、完璧すぎるほどに表情を消している。

ともかく、これで疑いだけは晴れた。弘徽殿の女御が敵までかばおうとする高潔な人柄なのであれば、呪詛とも日照りとも関係するはずがない。

「蛟龍の行方を知ることは簡単にできますよ。ほら、こうすれば」

そう言って、権博士は懐から何かを取り出して蒔《ま》いた。床板の上にばらばらと落ちたのは小豆《あずき》の粒だ。

小豆の散らばり具合を見て、権博士は含み笑いをした。扇の先で小豆をひとつはじき、自信ありげに断定する。

「思ったより近くですね」

夏樹には、ただ小豆がいくつか転がっているとしか見えない。権博士以外でこの意味がわかるのは、一条だけだろう。

「権博士どの、わたくしにその者の名を教えて、誓いを破らせようとなさらないでくださいましね」

「ご安心を、女御さま。二度とこんなことのないよう、脅す程度に抑えておきましょう」

弘徽殿の女御に約束してから、賀茂の権博士はふらりと立ちあがった。

「では、行こうかな。一条に、右近将監どのも」

まさか自分も参加させてもらえるとは思っていなかっただけに、夏樹はどきりとした。

権博士は彼のその表情を読み、

「もちろん、無理にとは――」

「いえ、参ります」

夏樹はすぐさま応えていた。

第四章　百の雷鳴　千の稲妻

内裏《だいり》の殿舎《でんしゃ》のひとつ、承香殿《しょうきょうでん》――

ここの女主人《おんなあるじ》、承香殿の女御《にょうご》は、何度も何度もため息をついては、袖の上からそっと腕を押さえていた。

大輪の花のように美しいひとなのに、眉間《みけん》に似合わない皺《しわ》を作り、何事かを考えこんでいる。

「女御さま」

御簾《みす》のむこうから突然、声をかけられ、女御は身をすくめた。だが、相手が女房の少納言《しょうなごん》だとすぐにわかって、緊張を解く。

「照覚さまがお越しでございます」

「そう……お通しして」

少納言はいったん御前《ごぜん》を去り、照覚を連れて戻ってきた。

「下がっていいわ」

女御に言われ、少納言は静かにその場から離れる。御簾一枚隔ててとはいえ、承香殿の女御と照覚はふたりきりになった。

照覚は現れたときからずっと黙ったままだった。何か言われるのを待っていた女御は、辛抱できなくなって口火を切った。

「遅かったのですね、照覚。ぐずぐずしていた弁解は？」

照覚は大儀そうに返事をする。

「右大臣の邸《やしき》で歓待されておりました。もうずっと、自分の庵《いおり》に戻れずにおります。あちらもいまごろはきっと、荒れ果てて狐狸《こり》のすみかとなっていましょうな。やれやれ」

弁解の口調ではない。それどころか、右大臣のもてなしを迷惑がっているのを隠そうともしない。

女御はいらだたしげに爪を噛《か》んだ。

「父上は不安なのです。おまえが秘密を洩《も》らすのではないかと」

「梨壺《なしつぼ》の皇子《みこ》の呪詛《じゅそ》の件を？」

「照覚！」

女御はさっと顔色を変えて怒鳴った。

「わたくしの前でその話はおやめ。あれは父上が勝手になさったこと、わたくしには一切係《かか》わりはありません。第一皇子《おうじ》とはいえ、たかだか更衣風情《こういふぜい》が生んだ子、恐れる必要など、もともとなかったのですから」

厳しい言葉を浴びても、照覚はまったく動じなかった。

「しかし、その効果が現れるや、女御さまも大層お喜びになられましたはず。わたくしの実力をお認めになられ、わたくしに弘徽殿《こきでん》の女御さまを陥れる手段を講じるよう命じられた。ですから、わたくしは魃鬼《ばっき》を……」

突然、御簾が激しく揺れた。女御がもたれていた脇息《きょうそく》を投げつけたのだ。もちろん、それは照覚のもとまでは届かず、御簾を揺らしただけにとどまった。

女御は憎々しげに言い放つ。

「おまえの言うことをきいて、この様《ざま》です」

「さて、それはどういうことでしょうか。効果はいまも現れておりますよ。日照りは続くのに弘徽殿だけが潤《うるお》い、おかしいと思う者が次第に増えています。なにしろ、こちらは魃鬼に一度襲われていますからね。しかも、大勢がそれを見ております。よもや、疑われることはありますまい。本来は、あのまま権博士《ごんのはかせ》が祝詞《のりと》を唱えていたら、魃鬼に襲われるのは彼だったはず——気づかれたのは残念でしたが、却《かえ》ってこちらにとって、好都合になりました。女御さまも、どうかご安心なさって……」

「では、これはどう説明する気か」

女御は立ちあがると、御簾の外に左腕を突き出した。

一瞬、照覚は沈黙する。やがて、ゆっくりとつぶやいたその声は、まるで笑うのをこらえているかのようだった。

「……女御さまは〈返し〉に遭われましたな」

それまで怒りに我を忘れていた女御は、照覚の冷笑気味なつぶやきを耳にした途端、冷水を浴びせかけられたような心地に見舞われた。

「な……」

何を言うのか、と問い詰めたかったが、声が出ない。

「それでは、わたくしも善き品をご覧にいれましょう」

照覚はそう言うと、立ちあがって御簾を押しあげた。

「無礼な」

やっと声が出せて、女御は内心ホッとする。

と同時に、一瞬たりとはいえ、こんな生ぐさ坊主を怖がったのが不思議に思えた。さっそく、いつものように居丈高に、

「もう下がりなさい。庵に戻って、この腕を元に戻す祈禱《きとう》をなさい！」

しかし、照覚はどこ吹く風といった表情を崩さない。喉の奥で笑いながら、言葉で女御を嬲《なぶ》る。

「女御さまはやはり、怒ったお顔がことのほか、お美しいですな」

「いいかげんになさい。わたくしが大声を出せば、おまえの身は破滅するのですよ」

「その美しさは右大臣家の繁栄があればこそ……」

「聞いているのですか！」

女御の体内にふつふつと怒りが蘇《よみがえ》ってきた。怒りが増せば増すほど恐怖は小さくなる。それればかりか、表情や瞳に活力が戻り、肌色までつやつやとして、燃えあがる炎の花のごとく美しさが増す。

照覚は目を細め、その美をじっくり堪能《たんのう》させてもらった。

「思いがけず、目を楽しませていただきました。これは礼をしなくてはなりますまい」

そう言うと、照覚は懐から何かを取り出した。

見るつもりはなかったが、照覚の動きにつられて女御の目がそちらに向く。次の瞬間、彼女はヒュッと音をたて息を呑《の》んだ。

差し出した手のひらに乗っているのは、人間の髑髏《どくろ》だった。

そのふたつの眼窩《がんか》はただの黒い空洞でしかないのに、女御はじっとみつめられているような心地がして、ぞくっと身震いした。

「なんなのですか、それは」

恐ろしくはあったが、それを照覚に知られたくなくて虚勢を張る。

「そんなもので、わたくしを驚かせたと思っているの？」

震えていたところを見られていないと確信して、そう言い放った。

しかし、照覚は応えず、手のひらの髑髏をもう片方の手で愛《いと》しげに撫《な》でている。

「ほら、下顎《したあご》がとれてしまったものですから、とても小さく見えましょう？　これでも、かつては強大な権力を握った者なのですよ。当時の帝《みかど》と気持ちを通わせ、宮中に我が物顔ではびこっていた一族を遠ざけようとして敗れ、あえなく死に……」

「それがなんだというのです。昔語りなど、頼んだおぼえはありません」

「女御さまご自身は勝者の一族の裔《すえ》でございましたね。弘徽殿の女御さまもまた、同じ一族の出。おふたりともに、大樹にからみつき、根を下ろし、その養分を掠《かす》めとっては大樹を枯らす、宿り木のようなあの一族の――」

弘徽殿の女御も、承香殿の女御も、もとをたどれば同じ一族。権力を身内で独占しようとすれば、こうなるのは当然だった。あとは兄弟同士、いとこ同士の争いになっていく。

「ですから、それがなんだというのです！」

女御は声高に叫んだ。不安が昂《こう》じ、そうせずにはいられなかったのだ。

照覚は構わず、自分の言いたいことだけをしゃべり続ける。

「ほら、ご覧なされ。この髑髏の眼窩を。その奥に何が見えましょうか？」

見たくなかった。なのに、女御は見てしまった。髑髏の暗い眼窩の底を。

そこには柔らかな毛髪がわずかな量ながら詰めこまれていた。

女御はその毛髪が誰のものか、すぐにわかった。父の右大臣が侍従《じじゅう》の君《きみ》という女房を抱きこんで、梨壺の皇子の髪を手に入れたと聞いていたからだ。

呪詛には、呪いたい相手の爪や血のついたものを、その相手の形代《かたしろ》として使う場合が多い。髪はその代表のようなものだ。

髑髏の眼窩の底にある髪は、梨壺の皇子の髪に間違いあるまい。

女御はいまさらながら恐怖を知った。こんな思いをするくらいなら、そもそも呪詛などに関わるのではなかったという、苦い後悔の味も。

女御の気持ちを読んだように照覚は言った。

「いまさら、遅い」

髑髏がカタカタと揺れていた。下顎の骨がないにもかかわらず、その動きは照覚の発する言葉とぴったり合っていた。まるで、

『いまさら、遅い』

と、髑髏も同調しているかのようだ。

その瞬間、女御は悟った。

「おまえ、まさか、とり憑《つ》かれたのですね!?」

女御が半狂乱になって叫ぶと、照覚と髑髏はまったく同じ笑い声をそろって放った。

むしろ、髑髏の声のほうが大きかったかもしれない。

（そうよ……なぜ気づかなかったの⁉）

最初に父の邸で顔合わせをしたときの照覚は、おどおどとした目の貧相な小男だった。うらやみ、憎むことでしか他人と関われないような度量の狭い男。だからこそ、他人を陥れる術には長《た》けていた。

いま、目の前にいる威風堂々とした照覚と、なんという違いだろう。死霊《しりょう》に取りこまれてしまったのだと、どうしていままで気づかなかったのか。

女御はその事実に耐えきれなかった。

悲鳴はこみあげるけれど、喉から出ることはなく、彼女はその場にへなへなと崩れ落ちた。


「女御さま、女御さま」

肩を揺すられ、承香殿の女御はうっすらと目を開けた。

「よかった、お気がつかれましたか」

顔を覗《のぞ》きこんでそう言ったのは、少納言だった。女御は彼女の助けを借りて起きあがると、不安そうにあたりを見まわした。

そこに照覚の姿はなかった。

「照覚は……？」

「さきほど下がられました。庵に戻られるようなことをおっしゃっておりましたよ」

女御は大きな安堵《あんど》のため息をつく。

「女御さま？」

「ああ……なに？」

額に汗がじっとりとにじんでいる。いちばん下に着ている単《ひとえ》も汗を吸って、肌にいやらしくまとわりついていた。

「おかげんが悪いのですか？」

「いいえ。もう大丈夫よ」

照覚の前でさえなかったら、どんな場所でも大丈夫かもしれない、と女御は思った。

「疲れた……もう眠るわ。敷物の用意をしてちょうだい」

「あの、それが、女御さま……」

少納言の君は急に言いよどんだ。

「なに？　どうかしたの？」

「実は、陰陽寮《おんみようりよう》の賀茂《かも》の権博士《ごんのはかせ》が女御さまにお目通り願いたいと申しておりますが」

「賀茂の権博士？」

賀茂の権博士といえば、神泉苑で照覚と競った相手。弘徽殿の女御の実家の庇護《ひご》を受けていて――といった程度の認識しか、彼女にはない。

「なぜ、わたくしに？」

「はあ。それが、承香殿の女御さまは必ずやわたしに会いたがるはずだと、大層な自信で」

「わたくしが会いたがる？」

「わたくしならば苦境をお救いできる、そう伝えてほしいと……」

少納言は権博士の言い分をなるべく忠実に伝えようと努力していた。そうするよう、彼女はあの端整な顔と優しい声で頼まれたのだ。

心なしか、権博士の言葉をそのまま口にする少納言は、うっすらと頬を赤く染めていた。

承香殿の女御にはそれに気づく余裕がない。ただ、つい先ほどの照覚とのやりとりを権博士に見透かされたようで、実に妙な気分だった。

女御の手が自身の左腕に置かれる。その手は袖の布越しに、ざらりとした感触を感じ取っていた。

（苦境とはこのことだろうか。しかし、弘徽殿の女御の息のかかった者に、これを見せられるはずがないものを……）

そうとわかっていながら女御には、

（その男だったら、これをなんとかできるのか）

という藁《わら》にもすがる思いがあった。

「いかがなさいましょうか」

少納言に指示を仰がれると同時に、女御の口は勝手に動いていた。

「……お通しして」

自分で自分の返事に驚いているうちに、少納言は権博士を呼びに行ってしまう。引き止めたいとも思ったが、女御はそうしなかった。かといって、競合相手の陣営の人間に弱みを見せるのも憚《はばか》られる。

（どうしたらいいのか……）

心もはっきり定まらぬうちに、簀子縁《すのこえん》に賀茂の権博士が通された。

女御は照覚に投げた脇息にもたれかかり、御簾越しに微《かす》かにうかがえる権博士の姿をじっと観察した。

神泉苑では距離があってわからなかったが、弱冠二十歳《はたち》という若さにかかわらず、権博士は落ち着きはらった物腰を見せていた。その容貌もなかなかというか、噂《うわさ》以上だ。

「女御さまにおかれましては、突然の訪問にさぞ驚かれましたでしょうが……」

と、すらすら述べる声も優しい。

「本当に驚かれたそうでございます」

少納言が女御の気持ちを代弁すると、「そうでしょうとも」と権博士は浅くうなずいた。

「実は今宵《こよい》、わたしは弟子とともに弘徽殿にて魔《ま》除《よ》けの祈禱をひそかに執り行っておりました」

弘徽殿と聞いて危うく出かけた声を、女御は寸前で呑《の》みこんだ。会話の取り次ぎのために、少納言が近くにいる。言いたいこと、訊《き》きたいことがあれば、女房を介して意思表示をするのが慣《なら》わしだ。

権博士は女御の動揺に気づかなかったかのように話し続ける。

「この日照り続きだというのに、弘徽殿のまわりだけが潤い、涼風が吹いている。これは何か、自然の理《ことわり》に反するモノがひそみし証《あか》しかもしれないと、弘徽殿の女御さま、ならびに女房のかたがたが案じられまして、あまり大ごとでなくてよいからと仰せられたのでございます」

「あら、確か噂では……」

女御は独り言のふりをして、意味ありげにつぶやいた。しかし、落ち着かなげに身じろぎをしたのは少納言だけで、権博士はまったく変化を見せない。

「そういたしましたらば、祈禱のさなか、禍々《まがまが》しい気が殿舎より突然に立ち昇ったのです。さっそく陰陽《おんみょう》の秘術を用いて、その邪気を追い落としましたところ、なんとそれがこの承香殿に逃げこんでしまうではありませんか」

話の妙な展開に女御は思わず、

「邪気がこの承香殿へ？」

と、直接、権博士に問いただす。少納言はおろおろして、女御と権博士を交互に見ていた。権博士は驚きもせず、うっすらと笑みさえ浮かべている。

「はい。あれはおそらく、邪龍《じゃりゅう》の気かと」

「邪龍……」

女御は脇息の端をぎゅっと握りしめ、唇を嚙んだ。鏡など見なくても、おのれの顔色が蒼白《そうはく》になるのが彼女自身にもわかった。

「少納言」

「はい」

「下がっていなさい」

何も知らない少納言は、女御のただならぬ様子にすっかり取り乱している。

なにしろ、権博士がここを訪れたのは初めて。なのに直接声をかけ、ひと払いまでするとは……。

しかし、主人の命には逆らえない。

「では、御用がございましたら、すぐにお呼びになってくださ い」

ようやく、それだけ言うと、少納言は何度も振り返りつつ、御前を去った。

少納言がいなくなるや、女御は、

「賀茂の権博士」

と、切迫した口調で話しかける。

「あなたに見せたいものがあります。しかし、このことはけして他言しないと誓っていただけますか」

「なんのことか知らされる前に誓わされるのですか？」

「他の者に洩らしたら、きっとあなたは後悔されますよ」

「脅しですか？」

「まさか。わたくしは本当のことを申し上げているだけ。秘密にしてくださったなら、望む限りのお礼をいたしましょう。ただし……」

「秘密をばらしたら、後悔させてやりましょうとのことですか。やれやれ」

権博士は軽く首を振って、にこやかに笑った。

「女御さまはいらぬご心配ばかりされておりますな。わたしは陰陽師《おんみょうじ》としての、あやしい気を見過ごせずに追ってまいりましただけのこと。たまたま殿舎に迷いこんできた邪龍の気に、こちらの女御さまが悩まされるようなことがあってはと案じ、怪しまれるのを重々承知でこちらへうかがったのですよ」

権博士は気の侵入が偶然であるという点を強調した。彼が本当にそう思っているかどうかはともかく、そういうことにしようと提案しているのだ。

承香殿の女御は迷いながらも膝で立ち、御簾を上げて、疲れた顔を権博士の前にさらした。これにはさすがに、権博士の表情からも笑みが消える。

「お見せしたいものがあります……中へ」

権博士は言われるまま、するりと御簾の内に入りこんだ。

近くで見ると、権博士の美しさはなおさら胸に迫るものがあった。

最終的に女御の心を決めさせたのは、彼の容貌とにじみでる気品だったと言っても過言ではあるまい。

「本当に……他言はされますまいな」

重ねて念を押し、女御はゆっくりと左の袖をたくしあげた。

照覚の目の前にも突きつけてやった、その腕。なめらかな肌の、肘の内側に、似合わないものが張り付いていた。

わずかに盛りあがった、堅そうな鱗《うろこ》が数枚、そこ一か所に密集して、青くきらきらと輝いていたのだ。

「邪龍の気を、体内に取りこんでおしまいになったか……」

権博士は落ち着き払っている。彼にしてみれば、すでに予想していたことだったのだ。女御は鱗を見せたことでやっと心のたがはずれたのか、子供のようにしゃくりあげて泣き始めた。

さんざん泣かせておき、いくらか気がすんだあたりを見計らって、権博士は優しく声をかける。

「案じることはございません、大丈夫でございますよ。その気を追い出す方法は、いくつか我が家に伝わっておりますから」

「ま、まことに？」

権博士は自信ありげにうなずく。

「いちばんよろしいのは世を捨てられることです。邪龍の気が寄りついたのは、女御さまに畏《おそ》れながら悪心《あくしん》があったからこそ。このうえは世を捨て、欲を捨て、心静かな境地に入りますれば、いつしか自然とその鱗も消えましょうぞ」

女御がまた泣きそうに顔を歪《ゆが》めた。権博士は絶妙の間で救いの手をさしのべる。

「しかし、女御さまほどのご身分なら、出家もなかなか難しいことでしょう。なに、他にも方法はあります」

「本当に？」

女御はあからさまにホッと胸を撫でおろした。

「出家をせずとも、女御のままでも、できることなのですか？」

「はい。ときに、女御さまのお嫌いな食べ物はなんでしょうか」

「食べ物、ですか？」

権博士の唐突な問いに、女御は面食らいつつ答える。

「筍《たけのこ》かしら。柔らかいものならともかく、育って堅くなったものは苦手で」

「では、育ち過ぎた筍の煮たものを毎食、器いっぱいにお食べになるといいでしょう」

「器、いっぱい……!?」

「快適にお過ごしになられたままでは、身の内に入った邪気は消えません。身を苦しめてこそ、邪気もまた苦しみ、外へ出ようともがくでしょう」

「身を苦しめてこそ……」

よっぽど嫌いなのだろう、女御はわなわなと身を震わせた。もしも、器いっぱいの筍の煮物をいま目の前に出したら、女御はそのまま失神していたかもしれない。

「それしか、方法はないのでしょうか……」

「いえ、まだまだあります」

権博士はしれっとして他の方法を教える。

「龍は水の神霊。水を飲まぬようになされば龍は渇き、耐え切れなくなって退散するでしょう。この炎天下に丸十日ほど立ち尽くしていらっしゃれば、おそらく」

「水なしで十日も？」

「絶食なども驚くほどの効果がありますね。飲まず食わずで過ごされましたら、十日といわず五日程度で済むかもしれませんよ」

寒いおりならともかく、連日連夜のこの暑さの中、飲まず食わずで過ごすのはかなりの苦行になることだろう。蝶《ちょう》よ花よと育てられた深窓《しんそう》の姫君には、到底できることではない。

「入りこんだ邪龍の気に、居心地悪く思わせねばならぬのです。苦しいのは当然のことでございましょう」

権博士は女御に顔を近づけた。優しげだった表情が仮面のように落ちて、冷ややかなまなざしが露《あら》わになる。

「でなければ、その鱗は生涯消えますまい」

突き放すようなささやきだった。女御はその場に崩れ落ちると、自分の腕の中に頭を沈め、声をあげて泣き始めた。権博士は無表情にそれを見下ろしている。

「わ、わたくしは悪くないわ！」

泣きながら、女御はそう叫んだ。

「あの僧侶《そうりょ》を連れてきたのは父上よ。術に長けていると――照覚の言うとおりにすれば何もかもうまくいくなどとおっしゃって。その結果がこれ⁉」

権博士の存在を忘れたかのように、女御は事のあらましを口走る。

「更衣風情にわたくしが負けるはずなどないのに。なのに、心弱い父上は化野《あだしの》からあんな怪しげな僧侶を拾ってきて使った。それでも成功したものだから、わたくしも照覚を試みてみようかと魔がさして……。愚かだったわ。浅はかだった。けれど、弘徽殿には負けたくなかった。あの女がわたくしより先に皇子を生むのだけは、絶対に許せない！」

そのあとは、ただただ涙、涙。盛大に泣きわめく女御を見下ろして、権博士はいままでとは違う、酷薄な笑みをその唇に刷《は》く。

が、それも一瞬のこと。権博士は内に笑みをしまいこむと、女御にことさら優しい口調で語りかけた。

「どうして、また、そのように思い詰められたのでしょう。もしかして、弘徽殿の女御さまが懐妊されたとでも思われたのですか？　けれども、それはただの間違いだったのですよ」

「間違い……？」

女御は涙でぐしゃぐしゃになった顔を上げ、権博士の言葉をくり返した。

「懐妊が、間違い？」

「この暑さで食が細くなっておられたようです。月のものも遅れていたとか。けれど、もうずいぶんと回復され、遅れていたものもやってきたとか……」

女御はしばしポカンと口を開けていた。が、権博士の言葉が理解できるや、またおいおいと泣き始めた。どちらかというと、これは嬉《うれ》し涙だろう。

権博士も女御の泣くさまを目の前にして、

（これくらいにしておくか……）

と心の中でつぶやいた。女御もいいかげん懲りただろうし、自分自身も充分楽しませてもらった。ここでやりすぎ、かえって相手を追い詰めてしまっては、よろしくない結果を招きかねない。

「さあ、さあ、お心をしっかりお持ちください。身の内の邪気を追い出す術を始めますぞ」

「筍……ですか？」

女御がしゅんとした顔でおそるおそるつぶやくので、権博士は笑い出すのをこらえなくてはならなかった。

「いえいえ。特別に、特別に、女御さまのために秘術の限りをつくしましょう」

権博士は恩着せがましく「特別」をくり返した。女御はその言葉を素直に受け取り、新たな涙までこぼして権博士にすがりつく。

「どうか、どうかお願いいたしますわ、権博士どの」

その依頼に応じ、権博士が取り出したのは水晶の数珠《じゅず》だった。それを手にからめ、何事かの呪文を口の中で唱える。

女御は手を合わせ、泣きながら目をつぶっていた。自身の妬《ねた》み嫉《そね》み怒りは棚上げして、ただひたすら腕の鱗の消えることを願う。

そうして、どれほどの時間が経《た》ったろうか。

突然、女御は身体《からだ》を前に折って、うずくまった。手は合わせたまま、苦しげに口から息を吐く。

権博士はここぞとばかりに力強く呪文を唱える。女御を助け起こしたりはしない。

そのとき、うつぶしてあえぐ女御の口から、青く輝くものがどろりと出てきた。

たちまちそれは大きな蛇のような形をとり、権博士の足にからみつく。

さすがに呪文の声が途切れた間隙《かんげき》を狙って、青い透き通った蛇は彼の足をすさまじい力で締めあげた。

「くっ！」

権博士は水晶の数珠を振りあげ、蛇の身体に叩《たた》きつけた。蛇はギャッと鳴いて、権博士の背後に駆けあがる。

権博士は後ろへ勢いよく肘鉄をくらわした。彼の肘と、後ろの柱とに挟まって、青い蛇がぐしゃりとつぶれる。

その直後、床に落ちたのは蛇の死骸ではなく水しぶきだった。

床板の上に少しばかりの水たまりができあがった。再び、蛇の姿に変わることもなく、青く輝くこともない。正真正銘、ただの水たまりである。

女御は震えながら、自分の口に手を当てていた。あんなものを吐き出してしまったのだ、おびえるのも仕方がない。

しかし、ふと腕を見た途端、女御は喜びの声をあげた。鱗がきれいさっぱりなくなっていたのだ。

「あ……ああ……」

それ以上は何も言えず、また新しい涙をこぼす。恐怖からの解放を実感して。

権博士は大きくため息をついた。

「終わりました……。鱗はもう生じてはこないでしょう」

女御は何度もうなずいた。

「しかし、念のため、お食事の際は、煮た筍を器いっぱい召しあがりますように。さもなくば、またいつ、同じことが起こるやもしれません」

権博士の脅しに、女御は嬉しいような情けないような、複雑な表情を浮かべた。その脳裏にあるのは、おそらく、器いっぱいの筍だろう。

「くれぐれも、柔らかいものではなく、育ち過ぎた堅いものですよ」

念押しのひと言を告げると、権博士は承香殿の女御の前から静かに立ち去った。後ろ姿は悠然と、しかし、その表情は懸命に笑いを噛み殺している。

（これで弘徽殿も平穏に……。いや、承香殿の女御が筍の味に慣れるまでは、だな）

期待できるほど長くはないかもしれないと思わざるを得なかった。


権博士が承香殿を出ると、さっそく彼の前に一条と夏樹が転がり出てきた。ふたりともずっと、承香殿から権博士が退出してくるのを、いまかいまかと待っていたのだ。

「どうでした？」

勢いよく夏樹が尋ねる。権博士は薄く微笑《ほほえ》むと、承香殿の女御が口走った事柄を手短に説明した。

「蛟龍《みずち》は片づいた。やはり、あれは照覚のしわざだったらしい。承香殿の女御が弘徽殿の女御を陥れようとして依頼したのだそうだ。それに、梨壺の皇子を呪詛したのも、右大臣が照覚にやらせたらしいな」

「右大臣が呪詛を⁉」

「照覚は化野だ……。悪いが、一条と行って、やつの居所をつきとめてくれないか」

「権博士どのは？」

「わたしは陰陽寮で休むよ。さすがに少し疲れたから」

いっしょに来ないつもりだと知って、夏樹は動揺した。しかも、休むとはっきり言われてしまっては、なんと返事をしていいかもわからない。

「つきとめるだけでいいのですか？」

と、訊いたのは一条だった。権博士は弟子の端整な顔を見て、言葉以外の問いを読み取ったのだろう、

「一条の判断にまかせよう」

とだけ答え、ふたりの若者に背を向けて陰陽寮へと歩き出した。夏樹はそのとき初めて権博士の背中を見、ハッと息を飲んだ。

権博士が身に着けていた袍《ほう》が、背中の部分だけ切り裂かれていたのだ。まるで、鋭い爪を縦横無尽に立てられたかのように。裂け目から覗く白い単《ひとえ》は、血で赤く染まっている。

「怪我《けが》を……」

「だから、こっちにあとを任せてくれたんだよ。大丈夫、あのひとならひと晩で治せるさ」

権博士の傷を見ても、一条は顔色すら変えていない。背中を向けられる前から師匠の負傷には気づいていたのだろう。おそらくは、大気に微かに混じった血の匂いで。

「行こうか。化野へ」

もとより断るつもりはない。一条がいてくれるなら、それだけで一騎当千の心強さがあった。


さっそく内裏を離れ、一条と夏樹は西の化野に向かう――つもりだった。が、大内裏の門をくぐり、街に出た途端、呼び止められてしまった。

「右近将監《うこんのじょう》どの！」

ぎくりとして振り返ると、滝口《たきぐち》の武士の弘季《ひろすえ》が馬を引いて近づいてきた。

「邸に戻るところかな？　いや、間に合ってよかった」

なんの話だろう、と夏樹はいぶかしむ。が、馬上の旅装束の女を目にするや、彼は声にならない声をあげた。

なにしろ、女は七尺近くもあり、枲《むし》の垂衣《たれぎぬ》越しにうっすらと見える顔は馬のように長い。こんな女はふたりといるはずがなかった。

「あおえ！」

夏樹が叫ぶと、弘季は嬉しそうに、

「やはり、知り合いだったか」

と、意味ありげにつぶやいた。

「弘季どの、これとはいったいどこで……」

「これ呼ばわりは、さすがに気の毒ではないか。いまどき珍しく健気《けなげ》な恋人だ、大事にしなくてはいかんよ」

「かわいそう？　健気？　……恋人⁉」

「しかし、こういう大柄な女人《にょにん》が好みだったとは、意外だったな」

思いもかけぬ言葉に、夏樹は頭の中が真っ白になった。救いを求めて一条を振り返るが、彼はずっと知らんぷりを決めこんでいる。

市女笠《いちめがさ》のあおえは馬の上から、弘季に丁寧に礼を言った。

「本当にありがとうございました。洛西《らくせい》からずっと馬に乗せていただきまして……」

「いやいや、右近将監どのの驚く顔を見たくてやったことですから」

望みが叶《かな》い、弘季は武士らしく豪快に笑う。

夏樹はげんなりして両手で顔を隠してしまった。そこでおもむろに一条が前に出る。

「ところで、申し訳ありませんが、弘季どの、その馬を今晩貸してはいただけませんでしょうか」

「もしや、陰陽寮の……？」

弘季は一条の名はわからないようだったが、顔と彼が属する官庁は知っていた。例の雨乞《あまご》い合戦で、一条は一躍有名になっていたのだ。

「ええ。実は、これから急ぎの用で嵯峨野まで行かなくてはならないのです」

嵯峨野は化野よりも手前だが、距離的にはそう変わらない。確かに、こんな夜中に化野に行くと言えば不審極まりないが、嵯峨野には貴族の別邸が多いので、なんとでも言い訳がつく。

「それで、できることなら馬をお借りしたいのですが。明日の朝には必ずお戻しいたしますので……」

「では、この女人をお乗せしたまま、馬を貸そう」

弘季は余計な詮索《せんさく》などせずに、快く馬を貸してくれた。

「せっかく、こうして会えたのに離れ離れになっては気の毒だからな」

「もとより、そうするつもりです」

一条は馬の手綱を取り、あおえも連れていくと約束した。弘季は安堵し、

「では、わたしはこれで」

別れの挨拶をして、夏樹たちとは入れ違いに大内裏へと向かう。

一条は弘季が立ち去っていくのを見届けてから、夏樹と並んで馬を引いた。

無言でしばらく進み、ひと気のないところまで来てから、ふたりはあおえを馬上から引きずり下ろす。

「あぁぁ、やっぱり、怒ってるぅぅぅ」

「当然だ！」

怒鳴ったのは夏樹だった。市女笠の上から、がつんがつんとあおえの頭を殴る。

「あてて」

「化野で待ってろって言っただろうが！　挙げ句の果てに、恋人だと⁉」

口にすると羞恥が増し、それがそのまま、拳《こぶし》の速さに反映された。市女笠がある程度、防御の役には立ってくれたが、音は派手になる。

一条は加勢せず、誰かが来ないように見張っていた。もちろん、あおえを助けてやる気はさらさらない。

「だから、だから、夜になるまでおとなしくしてたじゃないですかぁ」

「どうして、あともう少し待てなかったんだよ」

「だって、だって」

大きな目がうるうると震え、大粒の涙がどっとこぼれ落ちた。

「怖かったんですよぉぉぉ、あのお寺ぁぁぁ」

「何が怖いんだよ」

「出たんですう、出たんですう」

「人間の霊は専門で、全然平気で、怖くもなんともないんじゃなかったのか」

「人間じゃなかったんです、たぶん、あれは。この青い美しい目には、本質を見る力があるから確かなんです。ひとじゃないけど、すごいきれいな女のひとで、古風な衣装を身に着けてて……」

「いいかげんなことを言うな！」

突然、あおえと夏樹の間に、一条の手がすっと入りこんだ。

「白熱しているところ、悪いけれど」

と、止めに入る。全然、悪いとは思っていない口調だ。

「化野の寺って、なんのことだ？」

「ああ。あおえには隠れていてもらおうと、空き家になっていた寺をみつけて押しこんでおいたんだ。そうしたら、こいつ、馬頭鬼《めずき》のくせに霊が怖いとか言って……」

「あれは霊じゃありませんでしたよ！」

一条は頭に血が昇っている夏樹と、必死に抗議するあおえの顔を見比べ、ふっとため息を洩らした。

「すまない、訊く順番を間違えた。なんでまた、あおえが現世に現れて、しかもわざわざ化野くんだりまで行かなくちゃならなかったんだ？」

「それは……」

昨日の夜からの出来事を、起こった順に詳しく話す。最初、一条の邸であおえと出くわしたこと、市女笠を被《かぶ》せた理由、梨壺の皇子を呪詛した現場が化野だったこと、などなどを。

話が終わると、一条はひと言、ぼそりとつぶやいた。

「化野へ行こう」

そしてすぐさま、馬に跨《またが》る。一条の行動が読めずに夏樹が立ち尽くしていると、一条はその腕をとって馬上に引きずりあげた。

「わたしは？」

置いていかれてなるかと、あおえが馬に飛びつこうとする。一条はそれを軽く躱《かわ》した。

「馬鹿、おまえまで乗ったら馬が走れなくなるだろ」

「でも……」

「走って、ついてこい」

そう言うと、脇腹を蹴って馬を走らせる。武官顔負けのみごとな手綱さばきで。

夏樹は馬上でも呆然《ほうぜん》としていた。いつのまに、自分はここに引きずりあげられたのか、それすらよくわかっていない。

少女のような美貌で、この馬鹿力。しかも、馬を操るのがこれほど巧みだったとは。

夏樹はいつも、いつも、一条には驚かされてばかりだ。またそれが新鮮で、楽しくもある。

一条の駆る馬は飛ぶように速い。しかもそのすぐ隣には、市女笠の大女が劣らぬ速度でぴったりとついてくる。こんな経験は滅多にできないだろう。

見上げれば月は細く、行く手は暗い。今宵は不思議なものをたっぷりと見てきたが、まだまだ先はありそうで、夏樹は心地よい高揚感に包まれていた。


夏樹と一条、あおえとそして馬は、常ならぬ速さで洛西を駆け抜け、やがて化野にたどりついた。

「それで、あおえが隠れていたという寺はどこだ?」

当然、梨壺の皇子呪詛現場に直行するものと思っていた夏樹は、一条の言葉を奇妙に感じた。

「呪詛の行われた場所は見ないのか?」

「必要があれば見るが——呪詛は成功したんだし、いまさら行ってもだろ」

「それはそうだけど、でも、あおえはここにいるんだし、いまさら寺に行くのも変じゃないか?」

一条はそれには答えず、じっと闇の果てをみつめた。その瞳には、おそらく、野を駆けめぐる死霊の姿が映っているのだろう。なのに、彼は恐れるでもなく淡々と言う。

「照覚の庵は化野にあると保憲《やすのり》さまは言った。もしかして、あおえが隠れていた寺がそうかもしれない」

　保憲とは賀茂の権博士の本名である。

　あおえがすぐさま反論した。

「ですが、わたしがいた間、誰も来ませんでしたよ。中は荒れ放題で、暮らしの匂いってものも全然ありませんでしたし」

「照覚はかなり前から右大臣家に居ついているそうだし、自分の庵というより、空き家をみつけて使っていただけじゃないかな。死者の供養のため葬送の地に住む高潔な僧侶、っていう印象を作りあげるために」

　なるほど、と夏樹がうなずく。どうして一条があの荒れ寺にこだわるのかは、いまひとつわからなかったが、そこまで言うならと彼を案内する。

　馬は、相当疲れている様子だったので、近くの木に手綱を結び、休ませておくことにした。

　馬を除いた三名は、列になって化野を奥へ奥へと進んだ。先頭が夏樹で、しんがりがあおえである。

　頼りになるのは、ほのかな月の光だけ。さくさくと夏草を踏み、ときおり、ざりっと人骨を踏む。そのたびに、あおえがひいと悲鳴をあげ、さらに、

「すみません、すみません。南無阿弥陀仏《なむあみだぶつ》、南無阿弥陀仏」

と、謝罪と念仏が続く。これでは死霊のほうも化けて出てくる気が失《う》せるだろう。もちろん、そのほうが夏樹もありがたいのだが。

やがて、彼らの行く手に小さな家が見えてきた。

「あれだ」

夏樹が指差す家を、一条は目を眇《すが》め、じっと観察した。

壁のあちこちには穴があいているし、屋根には雑草が茂っている。戸のほとんどが倒れて、誰でも中に入り放題だ。もっとも、こんなところに誰も進んで入りたいとは思うまい。

一条はぽつりとつぶやいた。

「行こう」

倒れた戸を踏んで、真っ暗な家の中へためらいもなく進む。夏樹もあおえも、しぶしぶとあとに続いた。

しかし、こう暗くては何も見えない。腕を広げ、柱や壁に触りながら、用心深く歩くしかない。

(にしても……ここ、暑いな)

夏樹は首まわりを少しゆるめ、額の汗を拭った。

隙間だらけなのに風が通っていかない。まるで、火にかけられた鍋の底を歩いているようなのだ。

「暑いですねえ……」

あおえが吐息混じりに言う。

「昼間でさえもここまで暑くはなかったのに、どうしたのかな？」

夏樹とあおえが汗をにじませているというのに、一条には全然そんな素振りはなかった。

（鈍いのかな、こいつ。でも、式神《しきがみ》を呼んで涼んでいたから、そんなわけはないよな……）

唐突に、前を行く一条の足が止まった。次の瞬間、むあっとした熱気が顔にかかる。

「駄目だ――出ろ！」

一条の警告が鋭く響く。しかし、急すぎて夏樹は対応できない。

すぐそばで一条の舌打ちが聞こえた。腰に彼の腕が巻きついたかと思うと、ものすごい勢いで引っぱられていく。

（なんだなんだなんだ⁉）

自分の置かれた状況が咄嗟《とっさ》には理解できなかった。できたときには、夏樹は一条に抱きかかえられ、外に飛び出ていた。

その途端、轟音《ごうおん》とともに荒れ寺の屋根が吹き飛ぶ。できた裂け目から立ち昇ったのは紅蓮《ぐれん》の火柱だ。

炎に照らされ、急にあたりは明るくなった。夏樹は一条とあおえがそばにいることを素早く確認し、ホッと胸を撫で下ろす。

あのまま寺の中にいたら、いっしょに燃えていたことは確実だ。しかし、いったいどうしてまた、火があがったのか——

夏樹がその疑念を口にする前に、その答えが火柱の中から出現した。狼《おおかみ》より、ひとまわりほど大きい、黒い毛に覆われた獣が。

獣の目は顔の中央にひとつだけ、大きな縦長の瞳だった。そんな獣は、一度見たら忘れられはしない。

「魃鬼？」

夏樹に一条がすぐさま応える。

「そうだ。唐《から》から来た日照り神だよ」

魃鬼は狼そっくりの遠吠《とおぼ》えを放つと、屋根からひらりと飛びおりた。ぎらつく独眼は、夏樹たちに向けられている。

夏樹はすぐさま太刀《たち》を抜き、走りこんできた魃鬼めがけて横ざまに振るった。

刃《やいば》は魃鬼の横腹に食いこんだかに見えた。が、乾いた音とともに太刀は弾《はじ》かれてしまう。確かに手応えはあったのに、獣の脇腹には傷ひとつついていない。

「なぜだ……？」

呆然とする夏樹に、一条が教えた。

「弓や太刀では魃鬼は倒せない。濁った水に放りこむしか、魃鬼を止める手だてはない」

さすがに陰陽寮に連日籠《こ》もっていただけあって、一条は魃鬼の弱点を知っていた。しかし、日照りで乾ききったこの化野のどこに濁った水があるというのか。

困惑する夏樹の背後で、間のびした拍手の音が急に響いた。

「ご明察。よくわかったな、魃鬼の弱点が」

小馬鹿にしたように言いながら、その場に現れたのは照覚だった。

黒染めの僧衣をまとっているため、夜の闇に溶けこんでしまっている。まるで、化野を覆う夜そのものがしゃべっているかのようだ。

その間に、魃鬼は後退し、燃える寺の屋根に飛び上がった。火など身の一部だというつもりか、炎に包まれながら、ぎらぎらと輝くひとつ目で人間たちを見下ろしている。

照覚はこの事態を面白がっているかのようににやつきながら、魃鬼と寺を振り仰いだ。

「せっかくの庵が焼けてしまう……。どう償ってくれるのかね、きみたちは」

照覚のいかつい顔に炎の輝きが赤く照り映える。おのれの住まいが燃え、その屋根の上で異形《いぎょう》の獣が吼《ほ》え猛《たけ》っているというのに、この落ち着きようはなんなのか。

違和感にぞくぞくと夏樹は震えた。一条は険しい目で照覚を睨《にら》みつけている。そして、あおえは照覚を指差し、

「――おまえ!」

彼を厳しく恫喝《どうかつ》した。

「おまえだな。冥府《めいふ》から逃げ出したのは」

照覚はあおえを見やって不思議そうに首を傾《かし》げた。無理もあるまい。あおえはまだ市女笠を被ったままだったのだ。

あおえ自身も気づいて、さっと市女笠を取り、女物の装束も脱ぎ捨てた。筋肉隆々とした身体に装身具と腰布だけをまとった、地獄の馬頭鬼がそこに出現する。

「ほう……」

照覚は納得したような声を洩らしてから、くすくすと笑った。

「馬頭鬼がわざわざ冥府から追ってくるとは」

「それが仕事ですからねえ。ホントに宮仕えはつらい」

少しばかり愚痴ったものの、あおえはすぐに表情を引きしめ、再度、照覚を指差した。

「亡者《もうじゃ》の分際で生者の身体を乗っ取るとは、分不相応なやつめ。首に縄をかけてでも地獄の底へ連れ戻してやるからな」

しかし、照覚は笑うばかりだ。

「生者といっても、生きる価値のない男だったよ、こやつは」

そう言って、照覚は自分の胸に手を押し当てた。

「僧衣をまとっていても、中身は凡夫《ぼんぷ》以下の欲の塊。もともと勝手に身なりを変えただけの私度僧《しどそう》で、なんの教義も志も持ち合わせてはいない。それにもう何もかも奪いとられて、こやつ自身といえるものは残ってなどおらぬ。仮にいま、わしが離れてやったところで、ただの腑抜《ふぬ》けになるだけよ。ならば、わしが代わりに、こやつの生を生き抜いてやるべきではないか？」

あおえも黙ってはいない。

「その男の代わりに生きて何をする。後宮《こうきゅう》を掻《か》きまわすか？　おまえはかつて、宮廷での争いに敗れ、追い落とされた者。しかし、それも遥《はる》か昔の話。そのような古びた恨みを、いまさら敵の子孫相手に晴らそうと？」

「大樹を枯らす宿り木を駆除してさしあげようというのだよ」

照覚は懐から人間の髑髏《どくろ》を取り出した。下顎の骨がないせいで小さく見えるが、髑髏は成人男性のものだ。

「わしはおとなしく眠っていたよ……。それは知っているな、馬頭鬼」

照覚は髑髏を高く捧《ささ》げ持つ。

「なのに、こともあろうにわしの髑髏で後宮を呪うなどということを、この男はやってくれた。そして、この世への道が通じた。とてもとても、眠ってなどいられなかったのだよ」

ばりばりと音をたてて、柱が燃え落ちる。屋根がすべて崩れるのも時間の問題だった。なのに、魃鬼はあわてる様子もなく、まだ屋根の上で炎に抱かれている。

（どうすればいい……）

夏樹は焦った。

魃鬼を倒せば日照りはおさまるはず。なんとしても倒したいが、剣の効かない相手とどう戦ったらいいのか。

なす術《すべ》もなく立ち尽くしていると、すぐそばにいる一条が突然、祝詞を唱え始めた。

「掛巻《かけまく》モ畏《かしこ》キ其大神《そのおほみかみ》ノ廣前《ひろまへ》ニ白《まうさ》ク……」

神泉苑で賀茂の権博士が唱えていた祝詞だ。

見れば、一条は両手を合わせ、目を閉じて一心に言葉を紡《つむ》いでいる。

雨を呼ぶ気だ。師匠の権博士にもできなかったものを、一条は祭壇もなしにこの場でやろうとしている。

剣が効かない魃鬼も、濁った水には弱いという。ならば雨にも弱かろう。うまくいけば魃鬼を封じられるかもしれない。

「百姓《おほんたから》ノ田作《たつくり》穀作《たなつもの》ヲ始《はじめ》、草ノ片葉《かたは》ニ至ルマデ枯萎《かれしなえ》ルガ故《ゆゑ》ニ」

屋根の上で魃鬼が牙《きば》をむき、一条を威嚇《いかく》する。彼が何をしようとしているのか、獣の本能で感じとったのかもしれない。

夏樹は効果がないと知りつつ、太刀を構えた。一条の邪魔だけは、絶対にさせないつもりで。

照覚はそんな一条と夏樹を嘲笑《あざわら》った。

「雨を呼んで魃鬼を倒すつもりか？　そんなことが人間風情にできると思うのか？」

照覚が両手で印《いん》を結ぼうとする。術で一条の妨害をしようというのだろう。

「させるか！」

あおえがひと声怒鳴り、照覚めがけて突進した。

そのとき、魃鬼が屋根から飛び下りてきた。あおえの前に着地すると、カッと口を開いて炎の塊を吐き出す。

「あっ！」

両腕で顔をかばうが、火はあおえのたてがみに燃え移った。あおえはすぐさま後ろに転がり、地面に頭をこすりつけて火を揉《も》み消す。

大事には至らなかったが、長かったたてがみが短く縮れてしまった。そのぶざまな姿を、照覚は腹をかかえて笑う。あおえは憎々しげに怒鳴った。

「おまえをこの世に繋《つな》ぎとめているのは、その髑髏だ。それがなければ、魃鬼も操れないし、その男の身体を維持することもできないくせに！」

「それがわかったからといって、どうやってこの髑髏を取りあげる？　魅鬼の火をくぐり抜ける自信があるのか？」

照覚の嘲笑《ちょうしょう》に対抗するように、一条が祝詞の声を一段と張りあげた。

「忽《たちまち》ニ天津《あまつ》御空《みそら》多奈曇《たなくも》リ天津《あまつ》美津古保須《みづこほす》我如《がごとく》降《ふり》テ」

「ふん、雨など呼べるものか！」

照覚はうそぶいたが、頭上の夜空に次第に雲が集まり始めていた。

最初は誰も気づかなかったほど。雲というよりは、微かな靄《もや》にすぎなかった。それがわずかずつながら密度を増していく。西の彼方《かなた》から、新たな雲もどんどんと流れてくる。

「大神等《おほみかみたち》ノ敷座《しきま》ス山々ノ口ヨリ狭久那多利《さくなたり》ニ下《くだし》給《たまふ》水《みづ》ヲ甘水《あまみづ》ノ美水《うつのみづ》ト大御田《おほみた》ニ受《うけ》テ」

慢心していた照覚も状況の変化を悟り、表情に初めて焦りの色を浮かべた。しかし、完全に余裕を失ったわけでもない。

「雲は呼べても、雨はいまだ降っておらぬぞ！」

照覚の言うとおり、雨はまだ一滴も降り注いではいなかった。

照覚がさっと手をあげると、それを合図に、魅鬼が一条めがけて走り出した。一陣の黒い風のように。

夏樹が太刀を構え、その進路に躍り出た。白銀の刃が、魅鬼の独眼の光を反射して輝く。

太刀は確かに魃鬼の肩にあたった。しかし、またもや跳ね返されてしまう。

それでも、夏樹は魃鬼に体当たりして、その前進を阻んだ。

魃鬼は弾きとばされたが、くるりと跳ねて体勢を整えた。夏樹のほうはどうっと大地に倒れ、身体のあちこちを強く打つ。

「くそっ……！」

痛みはあったが、致命傷ではない。戦意も喪失してはいない。だが、魃鬼が太刀を受けつけないのなら、こちらの負けは目に見えている。

歯がゆかった。母の形見の太刀なのに、斬れぬものは何もないと謳《うた》われた名刀なのに、肝心のときに役に立たないのが。

それでも、夏樹は立ち上がった。何もしないで負けたくはなかったからだ。

（斬れないなら、棒代わりにして脚を叩き折ってやる！）

なかば捨て鉢になってそう決意すると、夏樹は大きく太刀を振りあげた。

その刹那《せつな》、頭上の雲から閃光《せんこう》がほとばしる。その白光は、彼がまっすぐ掲げた太刀を直撃した。

すさまじい轟音が炸裂《さくれつ》する。まるで百の雷鳴が一度に轟《とどろ》いたかのように。

目もくらむまばゆさ。夏樹の腕を震わせる電撃の痺《しび》れ。

しかし、夏樹は目を開けていた。瞬《まばた》きも忘れ、自分の太刀に雷《いかずち》が落ちるさまを見上げていた。

太刀は雷を吸いとったかのように、白く神々《こうごう》しく輝いていた。

そのまわりを、ばちばちと電光が走る。さながら、光の蛇が何匹も刀身に巻きつき、忙《せわ》しく跳ねまわっているかのようだ。

(光の剣……)

刀身は、さながら光そのもの。夏樹は呆然と太刀をみつめながら、これと同じ光景を記憶の中から探し当てていた。

(以前にも、見たことがある。あのときも、この太刀が白銀に光った)

共通するのは、まばゆい光。まるで千の雷光を集めたかのような。

夏樹の脳裏に、一瞬、見たこともない男の顔が浮かんだ。なのに、彼が誰だか知っている気がした。記憶にはないけれど、心の奥底にその面影が沈んでいたのだ。

(北野《きたの》の大臣《おとど》……ひいおじいさま……?)

呼びかけに応じるように太刀が火花を散らす。北野の大臣から伝わったという太刀が。

かつて、宮中での権力闘争に敗れ、遠く西の大宰府《だざいふ》に追いやられて、失意と怒りのうちに世を去った大臣。

死後、彼は怨霊《おんりょう》となり、清涼殿《せいりょうでん》に雷を落として、その霊威を世に知らしめたという。

北野の大臣という呼び名は、彼の住まいが御所の北にあったからにすぎない。彼の本当の名は——

（……菅原《すがわらの》……道真公《みちざねこう》……）

夏樹は白銀の太刀を振り上げて、魃鬼に向かった。魃鬼も低く身構え、敵を迎え撃とうとする。

バリバリと音をたてて、太刀から火花が散る。それがあまりにまばゆくて、自分自身も焼き焦がされそうな錯覚に陥る。

（そんなはずはない。自分はこの太刀の継承者だから。北野の大臣の血脈だから！）

そう信じ、歯を食いしばって太刀を振りおろす。魃鬼の大きな単眼をめがけて。

剣は通じないといわれていた相手。だが、光る切っ先は、魃鬼の目にしっかりと食いこんだ。

夏樹は渾身《こんしん》の力をこめ、太刀を斜めに下ろした。刃は魃鬼の目を突き破り、黒い毛に覆われた皮も斬り裂く。

どうしても斬れなかった魃鬼の身体が斬れたのだ。

魃鬼は苦しげに吼えた。吼えながら両手で顔を覆う。まるで人間のような仕種《しぐさ》で。

最初、夏樹は目の錯覚かと思った。だが、その咆哮《ほうこう》にも変化が現れていることに気づく。獣そのもの、狼の咆哮のようだった声の中に、感情を思わせる響きが混じり始めたのだ。さらには骨格も変わっていく。

魅鬼は徐々に、ひとになろうとしていた。

「待て！」

愕然《がくぜん》としていた夏樹の耳を、あおえの声が打った。振り返ると、逃げようとする照覚を、ちょうどあおえが追い詰めているところだった。

魅鬼が変貌していくのを見て、これはかなわぬと逃げ出したらしい。

「ここまで来たんだ、逃すものか！」

あおえも懸命に追いかける。が、ふたりの間に燃える寺の火の粉が降り注ぎ、あおえの動きが止められてしまった。

照覚はその間に少しでも距離を稼ごうとした。それを阻んだのは、一条が投げた扇だった。

扇はみごとな正確さで照覚の腕を打った。はずみで彼の手から髑髏が転がり落ちる。

走り寄ったあおえは、すかさず髑髏に足をかけた。

「やった！」

髑髏があおえの側にわたるや、照覚は狼狽《ろうばい》の色を露わにした。あの傲慢《ごうまん》な態度を完全に消して震えている。

「ふふ、この髑髏を踏みつぶされたくなかったら、おとなしく冥府へ帰るんだな！」

あおえは得意げに大見栄《おおみえ》をきった。

が、力みすぎたのだろう。彼のたくましい足の下で、髑髏はぐしゃりと潰れてしまった。

あおえと照覚の顔色が変わった。

「しまった！」

あおえが叫び、重なって照覚の悲鳴が響く。ひとが発しているとは思えないほど甲高い、ぞっとするような悲鳴が。

照覚は悲鳴をあげながら、ふらふらとよろめき、前に倒れた。

そこへ、寺の燃える壁板が崩れ落ちる。火はたちまち照覚の僧衣に燃え移った。

黒い衣が瞬時に炎に包まれる。口を大きく開けた照覚の顔も、何かをつかもうとのばした腕も。

長く尾をひいて悲鳴は延々と続いたすえ、ふいに途切れた。

がっくりとうつぶした身体を、炎はさらに包みこんでいく。彼はもう動かない。あたりには肉の焦げる臭いがたちこめる。

照覚の死に様をずっとみつめていた夏樹は、ふと我に返って、魃鬼を振り返った。が

——そこにいたのは、ひとつ目の黒い獣ではなかった。

大陸風の青い衣装に身を包んだ、うら若い美女だ。

結いあげた髪に挿した金の釵子《さいし》は、炎に照り映えてきらきらと光る。身にまとわせた薄い衣の領巾《ひれ》も、風にあおられて柔らかくそよいでいる。

「これは……？」

このろうたけた美女はいつのまに現れたのか。

夏樹の肩をふいに誰かがポンと叩いた。祝詞を唱え終わった一条だった。

「何を間抜けな顔をしている？」

「間抜けって。それより、このひとは……」

「いつだったか教えたろう？　魃鬼はもとは天女だったたって」

「これが魃鬼⁉」

混乱し、目を大きく見開く夏樹に、一条が説明する。

「天に帰れなくなった天女だよ。彼女はそこにいるだけで、雨を退け、日照りを起こしてしまう。だから、ひとびとから嫌われてしまい――悲しみと孤独の重圧に耐えかねて、獣へと変じてしまった。それが魃鬼なんだ。あおえが寺で女を見たと聞いて、ぴんときてね。それで、ここが照覚の庵だとわかった」

そう言われても、すぐには信じられない。あの恐ろしげな化け物が、こんな美女だったなんて。

しかし、それならば、神泉苑で賀茂の権博士がつぶやいた言葉の意味がわかる。

『ばっき、か……あわれな』

帰りたくても天界には帰れない。自分のせいではないのに、地上の者には嫌われ、疎《うと》まれる。

そんな天と地の間を彷徨《さまよ》ううちに、天女は真の姿を失い、獣になった。ひとびとが想像する日照り神の恐ろしい姿形を、そのまま体現してしまったのだ。

「魃鬼を正気に返すには、濁った水に放りこむしかない。だから、雨雲を呼ぼうとした。ところが、魃鬼のほうが強く、なかなか難しくてね」

一条は自分の力不足を認めたくなさそうに苦笑した。

「だけど、雷だったらなんとかなりそうな気がしたのさ。なにしろ、ここには雷神となった大臣ゆかりの太刀もあるし」

「知って……」

「誰だって知っているとも。右近将監が北野の大臣の血をひいているってことは。しかも、この太刀が雷光を帯びたところを、以前にも見させてもらったじゃないか」

夏樹は手にした太刀をまじまじと見つめた。あの輝きは魃鬼を斬った瞬間に消失していた。いま、目の前にあるのは、造りこそ立派ながら普通の太刀となんら変わらない。

一条は極上の笑みを浮かべると、天女に向かい優しく呼びかけた。

「さあ……帰りなさい、天女どの。方向は、おわかりですね？」

西の彼方を一条が指差す。

天女は弱々しくうなずき、夜空に頭《こうべ》を上げた。

突然、風が吹いた。偶然か、天女の領巾が巻き起こしたのか。

その風に乗って、天女は宙に舞いあがる。重さをまるで感じさせない軽やかさで。

次の瞬間、天女はすっと夏樹の前に漂ってきた。美しく哀《かな》しげな微笑みが目の前に迫ってきたかと思うと、何か柔らかいものが夏樹の唇に触れた。

甘い香りが口いっぱいに広がる。

気がつくと、天女はすでに夏樹を離れ、西の空へと舞いあがっていた。

その姿はみるみるうちに小さくなっていく。まだ暗い西の空の彼方に、彼女はたちまち消えてしまった。

それでも空から目を離せず、ぼんやりとしている夏樹の背中を、一条が突然、拳《こぶし》で強くはたく。

「礼をもらったな」

そう言われてやっと、口づけされたことに気がついた。たちまち、夏樹の顔が真っ赤に染まった。

「れ、礼？　な、なんの⁉」

「その太刀で、獣の姿を斬り裂いてやったからだよ」

夏樹は両手で口を押さえた。まだ、感触が残っている。淡雪のような、あるかなきかの優しい感触が。

「よかったな。これで右近中将《うこんのちゅうじょう》とのつらい出来事もきれいさっぱり忘れられるだろうさ」

「こらっ。思い出させるなよ」

夏樹をさんざんからかったあとで、一条はしみじみとつぶやいた。

「まあ、これで、いましばらくは天女でいられるだろう」

「――なんだよ、その、いましばらくって」

「哀しみが昂じれば、天女はまた魃鬼になってしまうんだよ」

「どうにもならないのか」

「どうにもならない」

一条もその点はきっぱりと断言する。

「何かのきっかけで天に帰れない限り、あの天女はそれをくり返すだろう」

夏樹は思わず、西の空を振り仰いだ。天女の姿はもうどこにも見えない。

「彼女はどこに……行ったんだ？」

「唐国の西の彼方には広大な砂漠があるそうだ。そこが魃鬼のいるところ――いてもいいとされたところだ」

「それじゃまるで、島流しじゃないか」

「でも、そうしないと日照りが起こる」

夏樹は黙って、西の彼方の砂漠を思い浮かべた。

常に乾いた過酷な土地。もちろん、住む者もいない。獣の数さえも少なかろう。それはとても寂しい光景で——天女がたまらなく哀れだった。

天女が背負った哀しい宿命を切なく思っていると、唐突にあおえの声が響き渡った。

「やっぱり駄目だぁぁ！」

振り向くと、あおえは粉々になった髑髏を手にして、泣きじゃくっていた。

「何が駄目なんだよ、あおえ……」

「髑髏、踏み潰しちゃったんですよぉ。それといっしょに、魂も消滅しちゃったんですう。冥府に連れ帰らなくちゃいけなかったのにぃぃぃ!!」

なるほど、照覚が突然ふらふらになって倒れたのは、それが理由だったらしい。

「どうしましょう。これじゃ、閻羅王《えんらおう》さまにどんなお叱りを受けるか……」

嘆くあおえの肩を気軽く叩いたのは一条だった。

「いい手がある」

彼が指差したのは照覚の焼死体だった。火は消えたものの、死体は全身真っ黒になって燻《くすぶ》っている。

「そこの、照覚本人の魂を代わりに連れていくんだ」

「そ、そんなこと言ったって、もともとの力が全然違うんですよ。すぐにばれてしまいますよぉぉ」

「頭を使えよ。ばれなければ、それで善し。ばれたらばれたで、召喚者の魂と完全に同化したみたいですとか、闘って力を使い果たしたんでしょうとか、いくらでも言いようはあるだろうが」

「嘘《うそ》をつけっていうんですか？　獄卒《ごくそつ》なのに、虚偽の罪で舌を抜かれてしまったらどうするんですか？」

「嘘も方便だろうが！」

いらいらした一条があおえを怒鳴りつけたといっしょに、ぽつんと黒い染みが彼の肩口に生じた。

あっと、あおえが頭上を仰ぐ。夏樹も見あげて、つぶやく。

「……雨……」

上向きにした手のひらに、ぽつん、ぽつんと雨滴が落ちる。いくらもしないうちに雨足は早くなり、やがて、ざあっと降り始めた。

「魃鬼が去ったせいだ……」

夏樹は両手をいっぱいに広げ、降り注ぐ雨を全身で受け止めた。

濡《ぬ》れた装束が肌に貼りつくが、それさえも涼しく心地よいと思えた。


それから雨は三日三晩降り続き、乾いた大地を潤《うるお》していった。

あおえは一条に説得され、照覚本人の霊魂を、これこそ探していたものだとして差し出す気になり、冥府へ帰っていった。

その後、どうなったか、夏樹は知らない。企《たくら》みはばれて、閻羅王からきつく叱られているかもしれない。

しかし、夏樹自身も忙しくて、あおえの身を心配するどころではなかった。もっとも、彼は忙しくなるように自分で仕向けていたのだ。そうやって、右近中将が接近してこないよう守りをかためていた。

あれ以来、右近中将は何かと理由をつけてふたりきりになろうとする。いまのところは夏樹もうまく逃げおおせていた。しかし、近衛《このえ》にいるかぎり、いつかは……と思うと、おぞましいやら悲しいやら、不安でたまらなくなる。

そんなある日、夏樹の邸に深雪《みゆき》が訪れた。今度は外出のついでではなく、ゆっくりできるとあって、桂ははりきって世話をする。

その桂が深雪のそばを離れたのは、一度きり。邸に誰かがやってきたときだった。

「まあ、どなたでしょうか。深雪さま、ちょっと待っていてくださいましね」

桂が応対に立った隙に、深雪は素早く夏樹ににじり寄る。

「ねえねえねえ」

目が輝いている。言いたいことはわかっているのだ。

「知りたいんだろ。誰が弘徽殿《こきでん》の女御さまを陥れようとしたのか」

深雪は檜扇《ひおうぎ》の陰で、ほほほと笑った。

「やっぱり、おそばにお仕えする女房としては、知っておく必要があるわよね」

「おそばにいるからこそ、知らないほうがいいと思うぞ。どうせ隠そうとしても態度に出るんだから」

深雪が知れば、女御もいつしか気づき、あの清すぎる誓いを破ることに繋がりかねない。深雪がなんと言い繕おうとも、女御が天女のように清らかな人物だろうとも、いずれはそうなると、夏樹は確信していた。

「だから、特に深雪は知らないほうがいいんだ」

きっぱりと言ってやると、深雪は夏樹の後頭部を檜扇で殴りつけた。

「なによ、ケチ」

もっと殴ろうとするが、桂が部屋に入ってきたため、深雪はあわてて手を下ろした。

桂はそれにまったく気づいていない。

「夏樹さま、滝口の武士がお目通り願いたいそうです」

「滝口の……？　弘季どのか？」

珍しいことだと思いながら、さっそく対面の用意をさせる。しばらくして、簀子縁に現れたのは、確かに弘季だった。

考えてみれば、彼が邸に来るのは初めてだ。

桂も深雪も、見慣れない訪問者に好奇心をかきたてられ、几帳《きちょう》の後ろに隠れて様子をうかがっている。

（いったい、何用だろう？）

夏樹がいぶかしんでいると、弘季は礼儀正しく伏せていた頭を上げ、ゆっくりと口上を述べた。

「おくつろぎのところを、失礼いたします。実は、この弘季、内々の用件で参りました。いずれ、お耳に入ることとは思いますが、その前にご当人にお伝えいたすべきかとまかりこした次第」

妙に丁寧な言葉に、夏樹のほうが居心地悪くなる。

「弘季どの、まわりくどいことはいいから」

「そうですな。単刀直入にお話しいたしましょう。秋の司召《つかさめし》のことですが……」

司召といえば、人事発表のことだ。毎年、春には地方人事の県召《あがためし》が、秋に中央の人事の司召が行われている。

「それが何か？」

「やはり、うかがっておりませぬか」

弘季が嬉しそうにニヤリと笑った。

「このたびの日照りで、何かと弘徽殿の女御さまのまわりに問題がもちあがったことは、よくご存じでございましょう。その際、右近将監どのには並々ならぬ心づかいをしていただいたとか。帝がそれをお聞きおよびになり、寵愛《ちょうあい》深い女御のために力を尽くされた右近将監に感謝の意を表したい、と……」

帝の名が出てきただけで、夏樹は内心激しく動揺した。そこに追い討ちをかけるように、

「帝は、このたびの司召で、右近将監どのに蔵人《くろうど》の任を賜《たまわ》るおつもり」

「蔵人!!」

几帳のむこうで、桂と深雪が大声を張りあげた。そればかりではなく、弘季の目も気にせずにふたりは飛び出し、夏樹の手を握る。

「すごい、すごい、大出世じゃないのよ、夏樹」

「そうですわよ、夏樹さま！　蔵人といえば、帝のお近くに侍《はべ》る、大事なお役目。周防《すおうの》守《かみ》さまがお聞きになったら、どれほど喜ばれることか」

まわりでさんざん騒いだすえに、

「さっそく、周防へお知らせする文《ふみ》を出さなくては」

「桂、わたしもおじさまに一筆書くわ」

にぎやかな足音を響かせて、別室へ駆け出していく。

夏樹はその間、ただ呆然と座りこんでいた。桂たちが騒ぐのも道理なら、夏樹が呆然とするのも道理。

蔵人はいわば、帝直属の官人《かんじん》。そのため、昇殿の許されない六位も、蔵人ならば特別に許される。夏樹も当然、昇殿を許され、殿上人《てんじょうびと》の仲間入りをすることだろう。

しかも、滝口の武士は蔵人所《くろうどどころ》に属する侍だ。蔵人ならば、滝口の陣にいりびたったところで、さして咎《とが》められはしまい。

（それにそうだ、右近中将さまの魔の手からも逃れられる！）

さまざまなことが頭の中をぐるぐるとまわって、口もきけぬ夏樹の前に、弘季が小ぶりの衣装箱を押し出した。

「それと、帝からの贈り物を携えて参りました。帝御自《おんみずか》らのご装束のおひとつをさしあげたいと」

「ぼ、ぼくに……」

夏樹は震える手で箱を引き寄せ、そっと蓋を開ける。

（帝のものなら、きっと、見事な装束が入っているに違いない……）

予想は外れた。衣装箱に入っていたのは、どちらかというと地味でありふれた袍だった。

（これ、どこかで？）

夏樹はおそるおそる、その袍を手にとった。広げてみると、袖が破れている。誰かが力まかせに引っぱったようだ。

「これは……⁉」

弘季は畏《かしこ》まって、

「それを見せれば右近将監にはわかるはずと、帝が」

「まさか、そんな、まさか……」

夏樹は今度こそ何も言えなくなった。

（では、帝ご本人が、弘徽殿の女御さまを心配されて、身をやつし様子を見に？）

だとすれば帝は蛟龍《みずち》も目撃している。きっと、その後、弘徽殿の女御にあれはなんだったのかと問うたのだろう。女御の答えは簡単に想像できた。

「弘徽殿が潤っておりましたのは、床下に蛟龍がひそんでいたせいだったのです。それを駆逐してくださったのは、賀茂の権博士、それから右近将監どの……」

そう聞いて、帝は礼のつもりで夏樹に蔵人の職を与えたのだ。それ以外に理由は思いつかない。

(だとしたら、ぼくは今上帝《きんじょうてい》をつきとばしたことになる、けど……)

あの折のことを思い返すと、冷や汗がどっと噴き出してきた。と同時に、なんだかおかしくて笑い出したくもなる。

そんないきさつを知っているのかどうか、弘季は素顔に戻って豪快に笑った。

「滝口の武士は蔵人所所属の侍。夏樹どのとは同じ蔵人所の者として、これからも、よろしくおつきあい願いたい」

「それは――ええ、もちろん。こちらこそ」

夏樹は力強く言い、弘季と顔を見合わせ、声を出して笑った。都に来てからずっと抱えこんでいた懊悩《おうのう》から解放されて、彼の笑い声はどこまでも明るかった。

かいちご

貴族政治の中枢である御所。その中でも最も華やかな場所と言えば、やはり数多《あまた》の妃《きさき》が集う後宮《こうきゅう》であろう。

後宮において妃が住まう殿舎《でんしゃ》のひとつ、弘徽殿《こきでん》が深雪《みゆき》の職場だった。彼女は弘徽殿の女御《にょうご》に、女房の伊勢《いせ》の君《きみ》として仕えていたのだ。その呼び名は、伊勢守《いせのかみ》である父の官職に由来していた。

ある日、深雪のもとに伊勢の国から父の贈り物が届いた。美しい装束に日々使う紙や墨、干し魚や季節の果物などと内容はさまざまだったが、彼女を最も喜ばせたのは六角形の蓋付き容器だった。

「これは貝桶《かいおけ》……」

貝桶とは、貝合《かいあわせ》で用いる貝を収納する専用の入れ物で、それ自体が蒔絵《まきえ》などで美しく装飾されていた。

平安時代における貝合とは、多種多様の貝を持ち寄り、その色や形の美しさで優劣を競い合う遊びだ。のちの世で行われる、二枚貝の対《つい》をみつけ出して競う〈貝覆い〉とはまた別のものである。

伊勢の海ではいろいろな貝が採れると聞き、それならばと父に『何かのついでにお願い』と文《ふみ》で頼みこんでおいたのである。そう頼んでいたこと自体、深雪本人が忘れていた。けれども、父は忘れず、時がかかりはしたものの、娘の願いをきちんと聞き届けてくれたのだ。

耳聡《みみざと》い同僚たちは、深雪のもとに届け物があったと知って、すかさず寄ってきた。

「まあ、貝桶」

「伊勢の国からの贈り物なら、さぞや美しい貝が集められていることでしょうね」

「早くあけてみてちょうだいな、伊勢の君」

みなの求めに応じ、深雪は得意満面で貝桶の蓋を取った。期待していたとおり、桶の中にはぎっしりと貝が収められている。ひとつとして同じものはない。雪の扇のような白い貝、四方八方に角を突き出した貝、あざやかな紫色をまとう貝——と、色も形も千差万別だ。

素敵、と口々に声があがった。深雪も自慢げに微笑《ほほえ》む。

「これだけの数がそろえば、次に宮中で貝合が催されたとき、勝つのは絶対、わたしたちよね」

「伊勢の君がいてくれてよかったわ」

「ねえねえ、伊勢の君はどれがいちばんのお気に入り？」

問われて、「そうねえ」とつぶやきながら深雪は貝桶の中を覗《のぞ》きこんだ。

「形の珍しさならば、これかしらね。こちらの貝も大きくてきれい。でも、強いて言うならば……」

深雪はおもむろに一枚の小さな貝を拾いあげた。桜貝だ。

「やはり桜貝は格別よね。形はありふれているけれど、小さくて愛らしくて、何より色が綺麗《きれい》」

小さな桜貝を手のひらに載せ、その淡い色合いを深雪はしみじみと眺めた。

「――貝といえば思い出すわ」

そんな言葉が、無意識に口をついて出る。

「あら、何を」

同僚が好奇心に駆られて尋ねる。それで深雪も、うっかり思いを声にしていたことを初めて知ったが、彼女は口もとに広袖《ひろそで》を寄せ、猫かぶりの笑みを余裕で作ってみせた。

「それはもちろん、伊勢の海の光景よ。あちらの海は波穏やかで、夏などは陽《ひ》の光を弾《はじ》いてまばゆいほどに照り輝き……」

すらすらと言《こと》の葉が紡《つむ》がれていく。同僚たちは見たことのない海に思いを馳《は》せ、うっとりしている。

しかし、実際に深雪が心に描いていたのは明るく輝く伊勢の海ではなかった。それとはまったく趣きを異にする情景――誰もいない薄暗い部屋の片隅に、古い貝桶がひっそりと置かれている画《え》だった。

あれはいとこの夏樹が周防《すおう》に下ってしまう少し前、彼も深雪もまだ十かそこらの童《わらわ》であった頃だ。

年が同じだったことに加え、それぞれの親が仲のいい兄弟だったせいもあり、ふたりはよくいっしょに遊んでいた。おとなしい夏樹を、活発な深雪が引きずりまわしていたというほうが正しかったかもしれない。

あの日は、夏樹とその父親が深雪の邸《やしき》を訪れていた。

いとこが来ている。家の女房からそう聞いた深雪は、それまで遊んでいた雛人形《ひなにんぎょう》を抛《ほう》り投げて部屋から走り出した。

「まあ、いけませんわ、姫さま」

「姫君は走ったりなどなさらないものですよ」

中流どころの深雪も、家では女房にかしずかれ、姫君と呼ばれる立場だ。しかし、深雪は彼女たちのお小言には耳も貸さず、簀子縁《すのこえん》をひた走る。それほどまでに、夏樹に逢《あ》いたい気持ちは募っていた。

やんちゃな姫君を追おうにも、女房たちの装束は走るに不向きだ。一方で、まだ童である深雪は裾を引かない丈の衵《あこめ》を着用しており、何も気にせずにひた走れる。

早く早く、夏樹のもとに行かなくては。遅れれば遅れるほど、いっしょにいられる時間が目減りしてしまう。

夏樹の父はしょっちゅう息子を連れて外に出るのに、深雪の父はなかなか娘を連れ出そうとはしてくれない。身分のある女人《にょにん》は邸の奥に籠《こ》もっているのが普通で、父を責めるのはお門違いだが、だからこそ、深雪としてはいとこに逢える機会をひとつたりとも逃したくなかった。

衵の裾を翻し、矢のように走っていたのだが――その小部屋の前を通りかかったとき、深雪はふと足を止めた。

自分でもなぜだかわからないまま、視線を部屋の奥へと向ける。

薄暗い部屋の奥には二階棚や几帳《きちょう》などの調度品が配され、それらに交じって六角形の貝桶が置かれていた。

貝桶の蓋が少しずれている。ただそれだけのことが妙に気になり、深雪は部屋に足を踏み入れようとした。

と、そのとき、貝桶の蓋が静かにあいて、中から誰かが顔を覗かせたのだ。

頭頂でふたつの輪に結った髪と、やけに鋭い目だけしか見えない。が、稚児輪《ちごわ》と呼ばれるその髪型と、貝桶の中にすっぽり入りこんでいる点からして、深雪よりも年下の童のように思えた。

「——誰？　そんなところで何をやっているの？」

深雪が声をかけたと同時に、その童は貝桶の中からぬっと顔全体を現した。

釣りあがった目に下膨れの頰はともかく、顔全体が妙につるんとしている。理由はすぐにわかった。

鼻がなかったのだ。

その代わり、顔の中央に小さな穴がふたつ、ついていた。見たら絶対に忘れられない異相だ。この邸にこんな稚児がいるはずもない。

不意に恐怖心が募り、深雪は悲鳴を放って一目散にその場から逃げ出した。救いを求めて駆けこんだのは、父のもとだった。

「父上！　父上！」

深雪が泣きながら現れると、彼女の父はもとより、叔父《おじ》とその息子の夏樹も驚いた。

「どうした。何があったというのだ」

気味の悪い稚児がいたと訴えながら、深雪はすぐに父親を貝桶があった部屋に連れて行った。夏樹とその父親もついてきてくれた。

「どこにいるのだ？　誰もいないではないか」

「いいえ、いたのよ。その貝桶の中に」

「貝桶の中に？」

いぶかしみながら、父親が貝桶の蓋を取った。しかし、中に稚児の姿はなく、上のほうにまでぎっしりと貝殻が詰まっているだけだった。

「どういうことかな。誰もいないようだが」

「本当よ、見たのよ」

父親の口調がからかうような色を帯びていたので、深雪はなおさら躍起になった。

「あれはきっと物《もの》の怪《け》よ。だったら消えても不思議じゃないわ。それに、それに――稚児には鼻がなかったもの！」

きっと父上も仰天なさる、と思ったのに。

父と叔父は途端に笑い出した。

「部屋が暗くて、何かを見間違えたのだろう」

「そうとも。きっと気のせいだよ」

そんなことはないわ、見たのだもの――といくら主張しても、大人たちはもう耳を貸してくれなかった。

「さあ、機嫌を直して、いとこと遊びなさい」

「夏樹、頼んだぞ」

泣きじゃくる少女を同い年の少年に任せて、大人たちは退散してしまった。

「ひどいわ……」

ぐすん、ぐすんとしゃくりあげる深雪のそばに、夏樹はじっと立ち尽くしていた。しばらくして、ようやく深雪の涙も止まり、

「……わたしが嘘《うそ》をついたと思っている？」

その問いに、夏樹は真顔で首を横に振った。

「じゃあ、見間違い？　気のせい？」

今度は、考えこむように眉根を寄せる。さっきのように否定して欲しかったのにそうはしてくれなかったことで、深雪は臍《へそ》を曲げてしまった。

「もういいわ」

「よくないよ」

いつもの優しい夏樹らしからぬ、強い口調に深雪はびっくりした。と同時に、疲れとおびえのせいもあったのだろう、無性に腹立たしくなってくる。幼い深雪はその衝動を抑えるすべを知らず、

「いいって言ってるでしょう！」

声を荒らげただけでなく、ドンと足を踏み鳴らした。夏樹は一瞬、目を瞠《みは》ったものの、

「駄目だよ、深雪」

意外なほど落ち着いた声でそう告げた。

「怖いから怒っているんだろう？」

「怖くなんか……！」

ない、と言い切る前に、新たな涙がぽろりと転がり落ちた。あわてて手の甲で拭うが、もう遅い。

「ほら、やっぱり」

夏樹は、憶測が当たってホッとしたような顔になった。

「だったら、このままにしておいたら駄目だ。正体を見極めないと」

「見極める……って」

いとこの発言を深雪はすぐには受け容《い》れられず、相手の本気を疑って、その目をまじまじと覗きこんだ。夏樹のほうは真《ま》っ直《す》ぐに深雪をみつめ返している。

「だって、このままにしておいたら『怖い』っていう深雪の気持ちは、いつまでたっても消えないだろう？」

少し考えてから、「……うん」と深雪は小さくうなずいた。

「自分の住んでいる家なのに、そこにいて『怖い』が消えないって、悲しいじゃないか」

今度は考える間を置かず、「うん！」と大きくうなずき返す。にっ、と夏樹は歯を見せて笑った。

「じゃあ、なんとかしよう」

「なんとかって、なんとかできるの？　正体を見極めればいいってこと？　でも、どうやって？」

矢継ぎ早に問いかけられ、夏樹はあわただしく目をしばたたいたが、

「とにかく、とにかく考えよう」

そう言って、口から深く息を吸った。深雪はどきどきしながら、夏樹の次の言葉を待った。気弱に見えるくらい優しすぎるいとこが、こんなに頼もしく感じられたのは初めてかもしれない。

実際のところ、夏樹も策など持ってはいなかったのだろう。しかし、深雪から多大な期待を寄せられ、正直には言えず、彼なりに懸命に考えたに違いない。

「――じゃあ、思い返してみてくれ。何か心当たりはないか？」

「心当たりなんて……」

あるわけがなかった。あんな気持ちの悪い稚児は、いままで見たことも聞いたこともなかったのだ。

そう告げても、夏樹は簡単には引き下がらなかった。

「なら、貝桶がらみで何かなかったかい？　最後にあれで遊んだのはいつ？」

「いつ頃だったかしら……」

　深雪は額に手を当てて、一心に思い返してみた。最初はなかなか働かなかった頭も、やがて、目当ての記憶へと彼女を導いていく。

「ええっと……五日くらい前？」

「そのとき、貝桶を乱暴に扱ったりはしなかった？」

「するわけがないじゃない」

「本当に？」

「もしかして夏樹は、わたしが貝桶を粗末に扱ったから、桶が化けて出てきたって言いたいの？」

　腹立たしさに、深雪はぷくっと頰を膨らます。夏樹は急いで言い訳を試みた。

「ただの物でも百年経《た》つと物の怪になるっていうし……」

「あの貝桶はそんなに古い物じゃないわ。第一、わたしは物は大事に――」

　そのとき、頭の片隅にふっと閃《ひらめ》くものがあり、深雪は小さく声をあげた。

「思い出した！」

「何を？」

　両手に貝桶を捧《ささ》げ持ち、簀子縁を走っている自分の姿を、だった。

　あれは五日ほど前のこと。貝桶を女房に持ってくるように頼んだのだが、忘れられてしまったのか、いつまで経っても貝桶が届かない。待ちきれなくなり、深雪は自分で取りに行った。

きれいな貝をいっぱいに詰めた、きれいな貝桶。それだけで嬉《うれ》しくなって、逸《はや》る気持ちを抑えつつ、急いでもとの部屋に戻ろうとして……。

「簀子縁で転んだの。蓋が外れて、中の貝が庭先にまで転げ落ちたわ。すぐに家人《けにん》たちが拾ってくれたけど……」

「それだ」

「どれよ」

わけがわからず苛《いら》だつ深雪に、夏樹は全然違う話を振った。

「ほら、絵巻物にはよく龍宮城が出てくるじゃないか」

「えっ？　龍宮城？」

「うん。龍宮城。龍女さまのまわりにはきれいな女官《にょかん》がいっぱいいて、それだけじゃなく、魚の精なんかもぞろぞろ出てきて。で、そういうのって、顔だけが魚で、身体《からだ》は人間に描かれているのが多いけど、頭に蛸《たこ》を載っけただけの人間の従者が、わたしは蛸の精ですって感じになっているのも見たことないか？」

とまどいつつも、深雪は絵巻物で見る龍宮城の場面を思い返してみた。

大陸風の壮麗な御殿。そこに住まう龍女も、大陸風の美麗な装束を身にまとっている。彼女に仕えているのは美しい女官たちだけではない。夏樹が語ったような、ひとの身体に魚の顔をした魚の精、あるいは頭に蛸を載せて、正体が蛸であることを表している者もいた。

「……あるかも。きっと、同じ絵巻を見たのね」

「そうかもね。で、稚児輪って聞いて思ったんだ。その稚児、貝の精かもしれないって」

「貝の精？」

説明しているうちに夏樹も確信を得たのか、何度もうなずき断言した。

「そうだよ。深雪が見た稚児の頭の稚児輪は、開いた二枚貝を頭に載せたところを表していたんだよ」

「あ……」

言われてみれば、稚児輪はもとより、つるんとした下膨れの顔も閉じた二枚貝を連想させた。

「じゃあ、じゃあ、貝桶の中にいたのは」

「貝の精だからさ」

「でも、貝の精がどうして、わたしの前に？」

「その理由を探りに行こう。貝桶を落とした場所に連れて行っておくれよ、深雪」

「うん！」

深雪はすぐに夏樹を現場に連れて行った。

「ここよ。このあたりで転んだの。そうしたら、中身がそのあたりに散らばって」

身振り手振りを交えて、一所懸命に説明をする。ひと通り話を聞いた夏樹は、ひらりと庭に下りると、ためらいもせずに簀子縁の下にもぐりこんだ。

「ちょっと、夏樹！」

驚いた深雪は勾欄《こうらん》（手すり）につかまって頭を下げ、簀子縁の下を覗きこんだ。夏樹は地面に腹這《はらば》いになって、奥へ奥へと進んでいく。

「どうする気よ、夏樹。貝なら、みんな拾って……」

「取りこぼしがあったかもしれないじゃないか」

「だったら……」

誰かを呼んで頼めばいいのに。

深雪はそう言いかけたが、口をつぐんでおいた。夏樹が自分のために懸命になっている姿をもう少し眺めていたいと思ってしまったのだ。

床下を這いまわる少年に、勾欄に逆さまにぶら下がって彼を見守る少女。はたから見たら、ひどく奇妙な光景だったろうが、当人たちは大真面目《おおまじめ》だった。

やがて、夏樹はほこりまみれになって床下から這い出てきた。

「みつけたぞ、深雪」

「本当？　見せて？」

夏樹が深雪に片手を差し出す。その手のひらには薄紅色の小さな貝が載っていた。

「桜貝……」

貝の淡く優しい色彩は、あの稚児の襟元に覗いた色合いと同じだった。彼が身に着けていた狩衣《かりぎぬ》は、表が白で裏が赤――表の白に裏の色が透けて薄紅色に染まる、桜襲《さくらがさね》の狩衣だったのだ。

「ひとつだけ、取りこぼしているぞって、それを教えたくて出てきたのね」

「ああ、絶対そうだよ」

夏樹は桜貝を貝桶に戻し、「これで大丈夫だから」と力強く言ってくれた。

「でも……また出たら？」

「そのときは」

夏樹は一瞬だけためらったものの、その一瞬で腹をくくり、

「ぼくが退治する」

そう約束した。

夏樹の身が心配になる気持ちと、彼が自分のために身を張ってくれるところを見たい気持ちとで、深雪は胸がいっぱいになり、ただただうなずいた。

その後、あの稚児が深雪の前に姿を現すことはもう二度となかった。

た。

（あのときのこと、夏樹はまだおぼえてくれているかしら？）

同僚の女房たちには伊勢の海について語りつつ、深雪は一方でそんなことを考えていた。

二枚の殻がぴたりと合わさった二枚貝は夫婦和合の象徴でもある。そこを踏まえて考えるに、夏樹とは子供の頃から運命的に結びついているのだと言えなくもない。いや、きっと言える。言えるに違いない。ずばり、それ以外にない。

あの稚児はそのことを教えてくれたのだ。

うふふふと、つい笑みがこぼれた。たちまち同僚たちが追及を始める。

「あら、伊勢の君ったら、思い出し笑い？」

「どなたのことを思い出したのかしら？」

深雪は恥じらうどころか、女房装束の広袖を振って、さらに華やいだ声をたてた。

「秘密よ、秘密」

それは自分といとこだけの、大切な思い出になっていた。

あとがき

二十年以上も昔に書いた物語を、新たな器に入れて再び世に送り出せる。なかなかない機会を再び与えていただけて、本当に嬉《うれ》しく思っている。

まずはこの場を借りて、応援してくださる読者のかたがた、新版を典麗なカバーで彩ってくださるMinoruさん、旧版を繊細な挿絵で飾ってくださった華不魅《かずみ》さん、関係者各位に感謝の意を述べさせていただきたい。

作品そのものに関しては、昨年刊行された『暗夜鬼譚　春宵白梅花《しゅんしょうはくばいか》』巻末の、三田《みた》主水《もんど》氏による解説を読んでいただければありがたい。的確な情報を導かれる氏の冷静さと、時代伝奇への並々ならぬ情熱には、本当に頭が下がる。

そこにいまさら蛇足のあとがきを添えるのもアレでナニではあるのだが、これだけは言っておきたく、恥さらしを覚悟でしゃしゃり出てきてしまった。

それは副題の読みのことだ。

「遊行」を広辞苑で調べると、読みは「ゆぎょう」と「ゆうこう」のふたつしか出てこない。「ゆぎょう」のほうが一般的だ。

しかし、「遊行」を「ゆぎょう」と読むとき、なぜかわたしの脳裏には『湯殿山麓《ゆどのさんろく》呪い村』が浮かぶ。それも映画のほうだ。細かいストーリーは忘れてしまったが、湯殿山の即身仏がからんでくる、土着的な雰囲気たっぷりのミステリ映画だった。

おそらく「ゆ」の音が「湯殿山」に結びつき、「ぎょう」で「修行」とかそういう方面を連想してしまうのだろう。「ゆぎょう」には出歩くことのほかに、僧侶が説法等のために諸国をめぐり歩く意味もあるので、あながち遠くない気はする。

もちろん、『遊行天女』には湯殿山も即身仏も出てこない。なのに、「遊行」を「ゆぎょう」と読むたびに、即身仏制作に励むお寺のかたがたの素敵映像が、わたしの脳裏にしつこくよみがえってきてしまうのだ。それは何かが違うであろう、と。即身仏は嫌いではない。むしろ好きなほうだが、平安物の『暗夜鬼譚』とは無関係だろうが、と。

では、「ゆうこう」と読んでもらおうか。しかし、そうすると「遊行女婦《ゆうこうじょふ》」のような「浮かれ遊ぶ」感が出てしまい、それはそれでまた何かが違う……。

というわけで、まことに申し訳ないが『遊行天女』に関しては「ゆうぎょうてんにょ」と読んでいただきたいと、伏してお願いする次第なのであった。

平成二十九年四月

瀬川貴次

本文デザイン／ AFTERGLOW
イラストレーション／ Minoru

本書は一九九四年九月に集英社スーパーファンタジー文庫として刊行されました。集英社文庫収録にあたり、書き下ろしの「かいちご」を加えました。

この作品はフィクションであり、実在の個人・団体・事件などとは、一切関係ありません。

集英社文庫　目録（日本文学）

瀬戸内寂聴　寂聴 生きる知恵
瀬戸内寂聴　一筋の道
瀬戸内寂聴　寂庵浄福
瀬戸内寂聴　寂聴巡礼
瀬戸内寂聴　晴美と寂聴のすべて1（一九二二～一九七五年）
瀬戸内寂聴　晴美と寂聴のすべて2（一九七六～一九九八年）
瀬戸内寂聴　わたしの源氏物語
瀬戸内寂聴　寂聴源氏塾
瀬戸内寂聴　寂聴仏教塾
瀬戸内寂聴　まだもっと、もっと　晴美と寂聴のすべて・続
瀬戸内寂聴　わたしの蜻蛉日記
瀬戸内寂聴　寂聴辻説法
瀬戸内寂聴　ひとりでも生きられる
曽野綾子　アラブのこころ
曽野綾子　人びとの中の私
曽野綾子　辛うじて「私」である日々

曽野綾子　狂王ヘロデ
曽野綾子　観月観世　或る世紀末の物語
平安寿子　恋愛嫌い
平安寿子　風に顔をあげて
高倉健　あなたに褒《ほ》められたくて
高倉健　南極のペンギン
高嶋哲夫　トルーマン・レター
高嶋哲夫　M8《エムエイト》
高嶋哲夫　TSUNAMI 津波
高嶋哲夫　原発クライシス
高嶋哲夫　東京大洪水
高嶋哲夫　震災キャラバン
高嶋哲夫　いじめへの反旗
高嶋哲夫　沖縄コンフィデンシャル　交錯捜査
高嶋哲夫　沖縄コンフィデンシャル　ブルードラゴン
高杉良　管理職降格

高杉良　小説 会社再建
高杉良　欲望産業(上)(下)
高野秀行　幻獣ムベンベを追え
高野秀行　巨流アマゾンを遡《さかのぼ》れ
高野秀行　ワセダ三畳青春記
高野秀行　怪しいシンドバッド
高野秀行　異国トーキョー漂流記
高野秀行　ミャンマーの柳生一族
高野秀行　アヘン王国潜入記
高野秀行　怪魚ウモッカ格闘記　インドへの道
高野秀行　神に頼って走れ！　自転車爆走日本南下旅日記
高野秀行　アジア新聞屋台村
高野秀行　腰痛探検家
高野秀行　辺境中毒！
高野秀行　世にも奇妙なマラソン大会
高野秀行　またやぶけの夕焼け

集英社文庫　目録（日本文学）

S 集英社文庫

暗夜鬼譚《あんやきたん》 遊行天女《ゆうぎょうてんにょ》

2017年5月25日 第1刷 定価はカバーに表示してあります。

著 者 瀬川貴次《せがわたかつぐ》

発行者 村田登志江

発行所 株式会社 集英社
東京都千代田区一ツ橋2-5-10 〒101-8050
電話 【編集部】03-3230-6095
【読者係】03-3230-6080
【販売部】03-3230-6393(書店専用)

印 刷 中央精版印刷株式会社 株式会社美松堂

製 本 中央精版印刷株式会社

フォーマットデザイン アリヤマデザインストア マークデザイン 居山浩二

ISBN978-4-08-745587-8 C0193